우리 등 뒤의 천사

황금알 시인선 100

우리 등 뒤의 천사

초판발행일 | 2015년 11월 7일

지은이 | 니시 가즈토모(西一知)
옮긴이 | 한성례
펴낸곳 | 도서출판 황금알
펴낸이 | 金永馥
선정위원 | 김영승 · 마종기 · 유안진 · 이수익
주 간 | 김영탁
편집실장 | 조경숙
표지디자인 | 칼라박스
주소 | 03088 서울시 종로구 이화장2길 29-3, 104호(동숭동, 청기와빌라2차)
물류센타(직송 · 반품) | 100-272 서울시 중구 필동2가 124-6 1F
전 화 | 02)2275-9171
팩 스 | 02)2275-9172
이메일 | tibet21@hanmail.net
홈페이지 | http://goldegg21.com
출판등록 | 2003년 03월 26일(제300-2003-230호)

값은 뒤표지에 있습니다.

ISBN 979-11-86547-13-7-03830

우리 등 뒤의 천사

니시 가즈토모(西一知) 지음

한성례 옮김

황금알

■ 서문

철원의 파랗고 투명한 들꽃

오쓰보 레미코(大坪れみ子)

한밤중에 밝은 빛 하나가 보인다. 나는 거기에 틀림없이 당신이 있다고 믿는다. 그리고 나는 여행을 떠난다.

어디로 가는 걸까. 사람의 몸을 가진 나는 알 길이 없다. 그래도 나는 안다. 나는 당신 말고는 달리 갈 곳이 없음을. 멀리 떠나온 지금 나는 생각한다. 나는 당신의 것, 내 출발은 곧 회귀. 당신 곁으로 돌아가는 것임을.

— 「한밤중에 밝은 빛 하나가」 부분

이 작품은 니시 가즈토모西─知가 20대 후반에 쓴 산문시 「한밤중에 밝은 빛 하나가」입니다.

니시 가즈토모(1929~2010)의 부모님은 모두 일본 시코쿠四國의 고치高知 현 출신이지만 가즈토모는 아버지의 직장이 있던 요코하마橫浜에서 태어났습니다. 그리고 다시 아버지의 근무지 발령에 따라 3세 때 당시 일본의 식민지였던 조선의 원산으로 이주했고, 그다음에는 철원으로 옮겨 갔습니다. 부모님의 불화로 어린 가즈토모는 일본과 조선 사이를 여러 차례 오가며 생활해야 했습니다.

가즈토모가 10세 때 부모님은 이혼했고, 가즈토모는 여동생 세 명과 함께 어머니를 따라 일본으로 돌아왔습니다. 이러한 배경도 있고 해서 가즈토모의 사고방식에는 '나는 지금 어디에 있는가? 내가 있어야 할 곳이 과연 여기일까? 나는 왜 태어났을까? 살아가는 의미는 무엇인가?'라는 불안감과 부재감이 뿌리 깊이 자리를 잡았습니다.

일본에 돌아와서도 전쟁으로 인한 차별과 수많은 부조리를 체험했습니다. 17세 때부터 본격적으로 시를 쓰기 시작했는데, 소년 시절의 불안감과 더불어 개인을 구속하는 권력이나 기존의 낡은 가치관에 맞서 싸우리라는 태도를 굳건히 다졌습니다.

「한밤중에 밝은 빛 하나가」에서는 유일자인 존재—이를테면 신神—에게로 끊임없이 회귀하고자 합니다. 니시 가즈토모의 작품에는 이동 중에 쓴 것이 많으며, 이 시도 야간열차 안에서 썼습니다. 자신을 위해 준비된 장소를 향해 여행을 떠난다는 각오가 나타나 있습니다.

절망이 깊으면 깊을수록 거리距離에 대한 정열은 커서 온갖 수단을 동원하여 그곳에 다다르고자 합니다. 시에서 중요한 점은 표현의 수단이 아니라 대상입니다. 자신이 표현하고 싶은 '무엇'을 반드시 갖고 있어야 합니다. 덧붙이자면 그것을 위해 어떻게 살아야 할지도 고민해야 합니다.

일본의 유명한 시인 중에 미야자와 겐지宮沢賢治(1896~

1933. 시인이자 세계적인 동화작가. 향토애 짙은 서정적인 필치의 작품을 다수 남겼으며, 애니메이션 '은하철도 999'의 원작 동화 『은하철도의 밤』의 작가. ―옮긴이 주)가 있습니다. 겐지의 작품 가운데 저는 「굴절률屈折率」이라는 시를 좋아합니다. 이 작품에도 비슷한 명제가 숨겨져 있습니다.

> 나나쓰모리 산 이쪽이/ 물속보다 훨씬 환하고/ 아주 거대한데/ 나는 울퉁불퉁 얼어붙은 길을 밟으며/ 울퉁불퉁한 눈을 밟으며/ 저기 오그라진 함석 구름을 향해/ 음침한 우편배달부처럼(그리고 알라딘 램프의 요정처럼)/ 서둘러야 한다
>
> ―「굴절률」 전문

니시 가즈토모는 30, 40대부터 이미 시에 동화된 운명이 자신을 어디로 이끌어가든 그 운명을 거스르기보다는 운명에 몸을 맡기고 시를 썼습니다. 그러기 위해서는 몸과 마음이 순수해야 하고 참된 것을 향한 끝없는 정열이 필요합니다. 현실 생활에서 실제로 그리 살기란 쉬운 일이 아니지만 니시 가즈토모는 그러한 난관을 묵묵히 헤쳐나간 시인입니다. 알라딘의 마술 램프를 찾아서 말입니다.

'시를 쓰는 행위를 통해 자유를 속박하는 것과 끝까지 맞서 싸우며 높은 곳을 향해 간다.'

시를 높은 곳까지 끌어올리는 것이 시인의 일이라고 할 수 있겠지요. 부디 독자 여러분께서 니시 가즈토모의 시를 읽고 니시 가즈토모가 어느 지점까지 자신의 시를 끌어올렸는지 헤아려 주셨으면 합니다.

부모님의 이혼으로 철원을 떠나던 날 아침, 니시 가즈토모는 임진강 강변에서 파란 꽃을 보았다고 합니다. 파랗고 투명한 꽃잎을 가진 아름다운 꽃이었다고 했습니다. 여동생을 데려가 보여주려고 집으로 달려왔을 때 아버지에게 작별 인사를 하라고 해서 다시는 그 꽃을 보지 못한 채 떠나왔다고 합니다. 니시 가즈토모는 이번 한국어판 시론집과 시집의 출판 덕분에 다시 그 강가에 서서 파란 꽃을 바라볼 수 있을 것입니다.

아련하게 추억하며 철원을 배경으로 시를 쓴 어느 일본 시인의 삶이 한국과 일본을 잇는 시의 가교가 되기를 간절히 바랍니다.

차 례

2부

3부

1부

황혼의 발라드 1

아무도 없는 하늘
얼마 동안
물고기들의 거처가 되고
사람들은
신을 믿으려 하지 않는다

어두운 등을 돌리고 당신은 돌아간다
풀숲에 별이 떠오른다

고대의 연인들은
분명 알고 있었으리라
길을 걸으면
씁쓸한 회한이 뚝뚝 떨어진다

거미줄 같은 광장에 서서
성냥불을 켜면
이미 밤에 갇혀버린
내 주위

별사탕이 있는 풍경

나무숲 사이로
사람의 왕래가 끊이지 않습니다
사람이 반짝반짝 빛나는 건지
나뭇잎이 반짝반짝
빛나는 건지

바람이 몹시 세차서
당신의 모습은 보이지 않습니다

태양으로 부풀어 오른 하늘 아래
흔들리는 우듬지
아아, 그건 나입니다

다정하게
그것은
당신을 위해서가 아니라
나를 위해서가 아니라
잃어버린 시간을 재현하는
한없이 긴 응시입니다

하늘에는 별사탕
아이가 손을 들고 외칩니다

별사탕을 떼어내자
밤이 조용히 퍼져나갑니다

반쯤 눈 뜬 달

모든 것이
당신에게
속한 밤
나는 돌아가야만 합니다

내 마음을
쥐어뜯는 저
플루트의 어두운 소리조차

테이블 위에서 떨리는
내 시간조차
그것은
전부 당신 것입니다

모든 것이
당신에게
속한 밤
반쯤 눈 뜬 달

아마도
벽 뒤에서는
바람만이 불고 있겠지요

사랑에 대한 시편

그는 언제나 설탕 없이 커피를 마신다
그는 언제나 같은 회색 중절모자를 쓴다
겨울 아침은 습하고 차다
그의 마음도 습하고 차다

그는 언제나 설탕 없이 커피를 마신다
그는 언제나 같은 걸음걸이로 거리를 걷는다
겨울 하늘은 부드럽고 슬프다
그의 마음도 부드럽고 슬프다

그렇게
겨울 아침이 조금 얼룩진 시간
강이 흐른다 희미하게
다리와 소녀와 하늘을 띄우고

그는 오늘 아침에도 설탕 없이 커피를 마신다
그는 여느 때처럼 길모퉁이를 돌아서 간다
연홍빛 아침 안개에 휩싸인 거리는 우리에게
너무나 크고 광막하다

1955년 8월

1955년 8월
세상은
여물어 터진 작은 양귀비 씨앗

전철 안
눈을 감은 불행한 남자의 두개골이
창문에서 지워진다

그러자 아무도 없는 물가에서는
반짝이는 여름의 마지막 빛이
왈칵 흘러넘치고

그 속을 지금
젊은 부부가 아이를 데리고
돌아온다

트로이온스Troy ounce*

나는
커서 어엿한 선원이 되었을 때
그리 많은 것을 갖고 있지 않았다
마스카라를 칠하고 걸었고
시장에 가서도 가끔 양배추나
당근을 사오는 게 고작이었다
레코드판이 돌고
창문에 지옥을 그린 하리에*가 붙어 있어도
내 마음은 나에게
그 이상 아무런 감흥도 주지 못했다
할아버지들은
집에 들어앉아 약간의 땅뙈기를 가졌고
올해로 세 살 먹은 손녀가 있었다

나는
내 마음에 맺힌 피를 부드럽게
닦아 주었다

〈옮긴이 주〉

* 트로이온스(Troy ounce) : 야드파운드법에서 쓰는 무게의 단위. 귀금
  속이나 보석류의 무게를 잴 때 사용한다. 1트로이온스는 480그레인으
  로 약 31.1034그램에 해당한다.
* 하리에(張絵): 그림에 다른 색의 종이를 붙여 인물, 꽃, 새, 풍경 등을
  표현하는 그림.

큰 목소리

나는 당신이 돌아간
뒤의 바다가
아름다운 줄무늬로 물결침을
깨닫습니다

저녁이 되자 한기가 느껴져
안으로 들어가
겉옷을 걸쳐 입습니다
그리고서

나는 발코니로 나옵니다

이윽고 밤이 오고
어둠은
그렇게 따뜻한
내 몸을 가둬버립니다

모두 돌아간 뒤
그것은 아주 큰 목소리처럼 느껴졌지만

그래도
나는 앉아 있었습니다

그리고 나는 되돌아왔습니다
나는 지쳐 있었습니다
나는
이제 내 것이 아님을 깨달았습니다

나는 죽어버렸습니다

지대地帶

두 사람의 발길이
무심코 운하로 향했다
한 사람은 담배를 입에 물었다
작게 바람이 일었다
거리에는 전등이 켜지고 멀리 하늘에서는
벌써 별이 반짝이기 시작했다
운하 너머는
아무것도 보이지 않을 만큼 한층 어두웠다
황혼의 희미한 빛 속에서는
운하의 물이 썰물에 떠밀려
조금씩 흐르고 있었다
강이 시작되는 곳에
콘크리트 수문이 열려 있었다
수문 옆에 목재가
수북이 쌓여 있었다
강은
그 너머에 몇 개의 모래톱을 내보이며
펼쳐져 있었다
강은 그대로 바다로 흘러들어 갔다

하구 근처에서 빨간 부표등이
제자리에서 작게 빛나고 있었다

이제 바다는 보이지 않는다
키가 큰 사람이
주머니에서 땅콩을 꺼내주며 말했다
"먹어봐"

황혼의
물은
빠르게 저물어 갔다

황혼의 발라드 2

이제
난 어쩌면
좋나

해 질 녘
제비가 날고
개구리가 울고
네온 등이 켜진다

환한
가게 앞에 서서
사과와
멜론, 참외를
한 아름 안고서

헌데
들어봐요
연인이여 연인이여
우리의 환영회는

또 연기되었답니다

크렘린*
남쪽으로 내려가면 사디*의 묘
헤아려 봐요 연인이여
해가 지고
밤이 찾아오는
그 순간 지붕은
빛이 바라지

〈옮긴이 주〉
* 크렘린(Kremlin): 중세 러시아의 성채·성벽으로서 오랫동안 러시아
  황제들의 거성(居城)이었으나 18세기 초 페테르스부르크(지금의 상트
  페테르부르크)에 '동궁(冬宮)'이 세워지면서 황거(皇居)로서의 기능을
  잃었으며, 1918년 이후 소련정부의 본거가 되었다.
* 사디(Sadi, 1209?~1291): 중세 페르시아의 실천 도덕의 시인. 신비
  주의 탈박승으로서 30년간 이슬람권 각지를 방랑하며 여러 사람과 만
  나 실천 도덕의 길을 설파했다. 2대 걸작인 『과수원』과 『장미원』은 깊
  은 학식과 귀중한 인생의 경험을 기초로 해서 쓴 운문 시집과 산문 시
  집이다. 특히 『장미원』은 중세 이래 최고의 교양서이면서 페르시아 산
  문시의 극치라고 알려져 있다. 문체는 간결·청신하고 해학을 섞어
  많은 일화와 격언이 실려 있다.

채색된 초상

밤은
두근거리는 심장 같았습니다

그리고
안개 속에서 이따금 남자들이 나타나
한두 마디
말을 걸어왔지만
그게 전부일 뿐 다시
가던 길을 그대로 걸어가 버렸습니다

얼마 후
밝은 창문 앞에서
나 어디론가 떠나겠다고
마음먹었습니다

다시 걷기 시작했을 때
조차장* 쪽에서
공기가
주황빛으로 타오르고

기관차가
칙칙폭폭 소리를 내고 있다는 것을
알았습니다

아직도
아침은 오지 않았습니다

〈옮긴이 주〉
* 조차장(操車場): 여객차와 짐차를 조절하는 곳. 철도에서 열차를 잇거
  나 떼어 내는 곳이다.

우리들의 이유

나는
자잘한 땅콩을 한 줌 움켜쥐고서
창밖으로 시선을 돌려
거리를 가로막은 판자울의 분필 자국을 바라본다

나는
자잘한 땅콩을 또 한 줌 움켜쥔다
나는 그런 다음 창밖으로 시선을 돌려
저 멀리 움직이지 않는 구름을 응시한다

메이드 인 재팬 머플러를 두른
황혼에

그때부터
네온 불빛과 뉴스가 흐르고
어느 거리에서나
하늘에는 거대한 다이얼이 돌기 시작한다

연인이여

한밤중에 밝은 빛 하나가

한밤중에 밝은 빛 하나가 보인다. 나는 거기에 틀림없이 당신이 있다고 믿는다. 그리고 나는 여행을 떠난다.

어디로 가는 걸까. 사람의 몸을 가진 나는 알 길이 없다. 그래도 나는 안다. 나는 당신 말고는 달리 갈 곳이 없음을. 멀리 떠나온 지금 나는 생각한다. 나는 당신의 것, 내 출발은 곧 회귀. 당신 곁으로 돌아가는 것임을.

나는 한없이 당신 곁으로 돌아간다. 당신은 내 나라, 내가 돌아가야 할 땅. 어디로 가든 내 혈관은 당신에게로 이어져 있다. 내 혈액은 당신으로 말미암아 흐른다. 당신의 혈관은 내 밤의 나라를 촘촘한 그물코처럼 채우고 있다. 만약 내가 내 길 위에서 헤매고 있다면 그것은 당신만을 원하는 마음 탓이다.

한밤중 단 하나의 밝은 빛이 보인다. 그것은 내 마음의 창에 비친 빛이다. 비가 내린다. 나는 블라인드를 내리고 눈을 감는다. 그리고 차에 몸을 싣는다.

한밤중에 나를 위해 기도하는 사람이여. 차가운 빗속에서 우리를 위해 기도하는 사람이여. 그 소리가 세상에 가득하다.

우리 등 뒤의 천사

그래서 그것들은 어찌 됐지? 그런 건 물어봐선 안 된다.

긴 세월이 지났다. 1월 ×일 오후 나는 이곳에 떠내려 온 해초와도 같다. 햇살이 꿈틀꿈틀 움직인다. 구름과 함께. 아아, 나는 왠지 거대한 존재의 그림자를 꿈꾼 듯 하다. 창자를 햇빛에 널어 말리며 나는 조금씩 죽어가는 자와 같다.

여기 방이 하나 있다. 누구나 자유로이 드나드는 방이 있다.

나는 잔다. 짐가방도 그대로 누워 잔다. 자는 남자 주위로 일곱 빛깔 새가 날아와 맴돈다. 빨강, 하양, 노랑, 초록, 파랑, 주황, 보라. 나는 거기에 그물을 친다. 빛나는 금색 나무 두 그루 사이에 검푸른 하늘을 배경으로 새하얀 그물을 친다. 그리고 나는 그 새들을 잡는다. 키운다. 내 마음은 불타고, 울고, 몸은 기울어진다. 나는 무릎을 꿇고 바닥에 엎드린다. (나는 그것들을 소유하리라. 그 다음 나는 다시 그것들을 태초의 혼돈으로 돌려보내리라)

기나긴 극도의 결핍 속에서 나는 어느 땐가 우리가 누리는 부의 실체를 알기에 이르렀다. 소유한다는 행위의 의미를.

지금 열린 창 너머로 빌딩 옥상이 보인다. 그 위에 하얀 낮달이 걸려 있다. 나는 그 달을 본다. 바닥에 누운 나는 이제는 누구의 소유라고도 말할 수 없는 이 얇은 망막을 통해 가만히 달을 바라본다. 아아, 그때 나는 없다. 나는 정체 모를 무언가의 손에 이끌려 어딘가 아득히 먼 공간으로 옮겨져 간다. 그때 누워 있던 내 안에는 나나 너보다도 훨씬 다정한 무언가가 둥지를 틀었다. 그것이 가만히 눈을 뜬다. 그것이 창밖에 떠오르는 달을 본다.

오후

저 건널목을 보아라. 사람이 구름 같이 몰렸다. 방금 열차가 한 남자를 치고 간 장소다. 젊은 남자인 모양인데 너처럼 셔츠와 바지 차림이다. 허나 그 남자는 이제 움직임이 없다. 움직여서 어딘가로 갈 일은 없다. 그곳에 당도한 구급차에 실려 어디라도 상관없는 어딘가로 운반되어 갈 뿐이다. 이제는 남자가 기뻐할 일도 없고 반항할 필요도 없다. 구경하던 마부들도 우리도 아이들도 모두 돌아가 버리고 오늘 일어난 참극의 목격자인 태양도 저물었다. 화창한 봄날을 즐기던 나비들마저 돌아가고 나니 동쪽 하늘에서 커다란 달이 떠오른다. 그제야 간신히 남자의 영혼은 몸뚱이를 일으킨다.

남자는 바지에 묻은 먼지를 털고 부들부들 몸을 떤다. 무시무시한 피투성이 얼굴(게다가 머리의 위쪽 반은 없다)에 냉혹한 미소가 떠올랐다 사라진다. 남자는 지금까지 자기가 쓰러지다 못해 납작하게 붙어 있던 건널목 발판과 레일을 바라보고 기차가 저 멀리 달려간 방향을 바라본다. 그리고는 아주 조금 그것들에 감동하고 감사한 후, 이윽고 걸음을 떼어 그곳을 떠난다.

"만사가 이것으로 충분하다." 오오, 죽은 자가 후회 따위를 할쏘냐. 적어도 우리 삶에 관한 한 그들은 우리의 선배. 그렇다 쳐도 너는 남자가 죽어서도 여전히 사람 꼴을 하고 있어서 놀랐구나. 하지만 놀랄 것 없다. 망자에게도 생활과 시간이 있으니까. 망자가 참다운 망자가 되려면 아직 한참을 기다려야 한다.

남자는 천천히 걸어간다. 더없이 천천히. 하지만 그 걸음이 아무리 느려 보여도 망자의 시간은 우리의 눈에 거의 무한처럼 보이는 법이다. 그런 걸음으로도 우리가 죽을 때까지 히말라야 산맥 근처는 진작 지나쳐 가리라. 그 뒤로도 죽 수백 년, 수천 년, 수만 년, 아니 수억 년이라도 남자는 걸으리라. "힘들겠군"이라고 말하고 싶은가? 아니다. 그들은 시간의 단위가 우리와 다르기에 그들에게 그만한 일쯤은 그다지 대수롭지 않다. 하물며 우리 일생 따위야……

달이 떴다. 이제 자자. 춥다. 마치 이 지상에 겨울이 다시 찾아온 것만 같다.

빨간 블라우스를 입은 소녀

나는 그 문제에 대해 무엇이든 답을 내야만 한다는 사실을 알고 있었다. 하지만 그러기에 내 존재는 너무나도 보잘것없었다. 나는 버려진 종잇조각과도 같은 존재였다. 설혹 일 분 일 초라도 괜찮으니 나는 그 문제에 답변을 내놓고 싶었다. 그러고 나서 나는 그런 마음이 얼마나 비열한지 생각해 보았다. 부끄러움을 못 견딘 내 생활은 시커멓게 변했다.

절망과, 때로 거들먹거리는 분노 탓에 눈앞이 깜깜해지는 와중에도 나는 질리지도 않고 또 나를 살릴 구실을 찾았다. 내가 그 빨간 블라우스를 입은 소녀를 발견한 때는 어느 추운 겨울 날 오후였다. 나는 그 무렵 교사로 일하고 있었고 아직 채점을 끝내지 못한 답안지가 가득 든 가방을 안고 늘 그렇듯 정처 없이 어슬렁어슬렁 걸으며 늘 지나쳐 가던 커피가게 문을 밀고 들어갔다.

도로에는 물먹은 공기가 감돌았다. 커피가게 문은 잔물결이 밀려드는 물가였다. (그런데 내가 방금 발견이라는 단어를 쓴 까닭은 이렇다. 나는 그때까지만 해도 아직 인생에 약간의 기대를 가지고 있었고 운명이라는 것도 믿고 있었다. 나는 이 삶을 사는 도중 눈에 띄는 조그

마한 사물 앞에 멈추어 몸을 굽혀 바라보기를 좋아했다)
이때 세상은 급조한 서커스 천막처럼 변하여 그 꼭대기
언저리에서 반짝반짝 빛나는 얼음 결정 같은 것이 보이
기 시작했고 그 뾰족한 끝이 흡사 페스트 환자처럼 새카
맣게 변한 내 몸속까지 파고들었다.

　나는 한참을 한쪽 칸막이 안에 앉아 있었는데, 머지않
아 내 맞은편에 있는 방 한구석에 어울리지 않게 커다란
전축이 놓여 있고 그 옆에 한 소녀가 서 있음을 알아차
렸다. 나 말고는 다른 누구도 알아채지 못했다. 그곳은
검고 울퉁불퉁한 물체로 막힌 공간이었으니까. 어떤 신
비스러움이 그곳을 감싸고 있었다. 지켜보노라니 소녀
는 하염없이 과거로 떠내려가고 있었다. 그곳은 소금 결
정이 맺히는 동굴 입구였고 우리가 한참 전에 알던 눈들
이며 배, 자동차 같은 물건이 어스레한 박명 속에 드러
나 보였다. 그녀는 언제 어디서 어떻게 여기까지 왔을
까? 그녀의 얼굴에도 까슬까슬한 소금 결정이 맺혀 있었
다. 그것은 손을 대기만 하면 이내 부스러져 떨어질 듯
해 보였다. 떨리는 손가락을 그녀의 얼굴에 갖다 대자
부슬부슬 땅바닥에 쏟아져 내렸다. 땅 위에 떨어진 소금

에 곧바로 물이 밀려와 녹아 버렸다. 나는 그것이 모든 사람의 얼굴에 나오리라고 짐작했다. 우리가 말을 주고받지 못하는 원인이 거기에 있다고 짐작했다. 나는 주저없이 그녀의 소금을 털어내 주었다.

내가 그녀에게서 소금을 털어낼수록 남루하고 가냘픈 그녀의 몸뚱이 밑에서 물결이 남실거리며 물이 차올랐고 차츰 내게로 전해져 몸 안으로 퍼져나가는 느낌이었다.

마침내 그곳에 거대한 숙명과 같은 바다가 나타났다. 바다의 첫 모습은 붉은 기 도는 크림색의 고요히 괴어 있는 호수처럼 보였다. 그것은 슬픔이었다. 나는 슬픔을 못 견뎌 욕지기가 났다. 나는 사람의 살갗 밑에 그토록 깊은 슬픔이 묻혀있을 줄은 꿈에도 몰랐다. 그것은 내 가슴을 터뜨릴 듯 가슴 속을 채웠고 급기야 나는 그 안에서 우리에게 새 아침이 두 번 다시 오지 않으리라 예감했다.

바다는 크게 변해 갔다. 크림색에서 갈색, 갈색에서 회색, 회색에서 녹색, 군청색, 군청색에서 짙은 남색으로 변해 갔다.

우리들의 밤이 왔다. 그녀는 이제 어디에도 보이지 않았다. 우리들의 밤 속에서 누군가가 큰소리로 외쳤다. "어이, 그건 네 거야. 우리 거라고." 어느 새 우리 주위에는 잔물결이 일고 우리는 떠내려가기 시작했다. 나는 눈이 멀어 내가 어디로 떠내려가는지 종잡을 길 없었다. 그렇지만 그녀의 몸이 의외로 가까이 있다는 사실만은 확실하게 느껴졌다. "어이, 그건 네 거야. 우리 거라고." 나는 신음했다. 그녀의 검은 머리칼, 젖은 눈, 젖은 혀⋯⋯. 나는 그녀에게 다가간다. 내 몸을 그녀 곁으로 좀 더 가까이 가져간다. 큰 물결이 밀려 와 나를 그녀에게서 떼어놓는다. 나는 짠 물을 마신다. 그 사이 또 다른 파도가 밀려 와 우리를 한층 가까이 붙인다. 나는 이리하여 모든 것이 이 어두운 밀물과 썰물 속에서 살아간다는 것을 안다.

홍수

홍수라는 관념 또한 사람의 머릿속에 머무는 환상 중 하나다.

사람이 품은 환상의 수는 도저히 셀 방도가 없어서 스베덴보리*는 "하늘은 하나의 거대한 사람이다"라고 말했다. 한 포기 초목이나 세간살이에 이르기까지 환상은 거의 무수하다. 게다가 인간의 끝없는 욕망을 남김없이 드러낸다. 한 왕국의 건설, 갑작스러운 재해, 유배, 황야의 꿈속에서 본 꽃, 그리고 또 다른 땅으로.

어느 날 아침 내가 창문을 열었을 때 바다는 이미 그 앞까지 와 있었다. 바다는 말하자면 내 쪽으로 몸을 내밀고 멈추어 서서 내 대답을 기다리는 듯했다. 하지만 나는 아직 잠옷 바람이었던 데다 너무나도 당돌한 방문객에 당황해서 미소만 지어 보였다.

모든 일은 불시에 일어났다. 예전에 내가 본 것, 들은 것, 내 마음을 흔들고 나를 사로잡고 나를 들뜨게 만든 것, 이 조촐한 내 생활에 윤택함과 희망과 풍요를 안겨 준 모든 것들은 지금 정신을 차려 보니 모조리 흔적도 없이 사라져 버렸다.

이 갑작스런 변화를 어떻게 설명하면 좋을까? 나는 무엇 하나 납득할 길이 없었다. 모든 것이 산처럼 짓누르고 있었다. 끝없는 예측도 질문도 일체 불허하듯 불화살처럼 쏟아지는 거센 폭풍우 같았다. 그것은 이 이상 예전처럼 자신의 몸을 의지할 곳도 없는, 한번 시작하면 끝을 모르는 영겁의 고난임에 틀림없었다. 적어도 그때 내가 아는 것은 그뿐이었다.

내 시야는 일변하여 무언가 어둡고 어슴푸레한 것에 휩싸였다. 나는 모든 사물에게서 유기되어 정처 없이 표류하기 시작했다.

시커먼 어둠 속에 거대한 불꽃이 타올랐다. 저건 뭐지? 하얀 물체가 어둠 속에서 하늘거린다. 마치 나뭇잎처럼……. 저건 내 친구들일까? 비 오듯 땀을 흘리며 소리도 내지 않고 몸을 비비 꼰다.

나는 그것을 바라보며 그 옆을 지나쳐 간다.

불꽃은 거세게 타올랐으나 그것은 세상을 모조리 멸망

시킬 근원일 뿐이었다. 기쁨은 우려로 변하고 희망은 절
망으로, 용기는 우유부단으로, 우리가 이제껏 정의라 여
기고 미와 진리라 떠받든 것들이 빠르게 몰락하며 쇠퇴
해 갔다.

손으로 붙잡을 것조차 없이 나는 떨어지고 눈멀고 물
에 빠진다. 그런 중에도 내 가슴은 의혹과 굶주림과 공
포에 시달리며 고통 받는다.

여기 이 한 점에 내가 답해야만 하는 물음이 있다. 절
망도 희망도 우울함도 전부 답해야만 하는 것이 있다.
그 한 점을 우리는 우리네 삶의 시작점에 둔 채, 그에 답
할 방도도 없이 우리는 다리 위며 캠프용 천막 안, 연인
과의 이불 속에서 살아간다.

내 뒤에 있는 내 방 안에서는 오늘 아침 전쟁이 벌어졌
다. 책상이며 의자, 몇십 년이나 써서 낡아빠진 침대, 꽃
병, 책꽂이가 어디랄 것 없이 어지러웠고 커튼 그늘에
먼지가 잔뜩 쌓여 있었다.

〈옮긴이 주〉
* 에마누엘 스베덴보리(Emanuel Swedenborg, 1688~1772): 스웨덴
의 신학자, 천문학자. 1734년 태양계 생성에 관한 성운설(星雲說)을
최초로 발표했다. 1741년 이후에는 천국과 지옥을 직접 체험했다고
주장하며 현세를 영계(靈界)의 일부로 보는 신비주의 신학 연구에 몰
두했다.

겨울

겨울이 왔다. 마을에는 네온 등이 빛나고 내 아이와 여자들은 떨고 있다.

수확이 끝나고 나뭇잎이 한 잎 두 잎 떨어지기 시작하자 차가운 비가 남겨진 들판을 감싸며 체온을 나날이 앗아가는 것처럼 느껴졌는데, 그때 나는 어떻게 했나? 이윽고 다가올 한겨울에 무슨 일이 일어날지는 생각조차 해보지 않았다. 미친 사람처럼 나는 내 온몸의 피를 끓어오르게 놔두었다.

후회해도 늦다. 내 속에서는 그때 이미 기묘한 생물과 같은 행위가 시작되었다. 무엇 하나 열매 맺지 못하고 성취되지 않는 생명이. 이곳에는 단지 성난 파도 소리만이 들렸다. 소용돌이치는 파도가 하루 종일 내 방문을 철썩철썩 두드렸다.

그 황량한 밤에 대머리독수리 한 마리가 나를 찾아왔다. 대머리독수리는 하루 종일 잠시도 쉬지 않고 내 주위를 빙빙 맴돌며 날았다. 아첨과 환락에 몸을 맡기고 죽음을 두려워하는 자들에게 잠들 겨를이 없다. 오직 눈을 뜬 죽음이 있을 뿐이다.

　모든 것이 고뇌와 공포를 유발했다. 과거를 엿보는 능욕당한 머리. 여름의 산들바람이며, 눈에 익은 눈빛, 바다 내음이 그의 뒤를 쫓는다. 그는 그 안에서 미쳐 날뛴다. 레코드판이 튀듯이…….

　터무니없도다, 여름 산들바람.
　터무니없도다, 연인의 눈길.
　터무니없도다, 바다 내음.
　터무니없도다, 나와 관계한 모든 것들!

　오, 여기에 와보니 무엇이 있었나? 영원히 몸을 태우는 고통. 비애. 자기 자신을 향해 그칠 줄 모르는 매도와 욕설.

　한밤중에 거세게 떨리는 그림자. 너는 그 위에 네 어리석은 슬픔을 하나씩 하나씩 쌓아 올려라. 불타는 머리와 늙고 쇠약한 손발을 쌓아라. 그리고 네 고통과 슬픔을 가만히 안아라. 네가 가진 전부인 고통과 비애를. 카툴루스*여, 네 무릎을 안아라.

그러고도 혹여 네게 힘이 남아 있다면 가만히 눈을 감고 빗속에서 너를 위해 기도하는 사람이 있음을 믿어라. 그 목소리에 귀를 기울여라.

〈옮긴이 주〉
* 가이우스 카툴루스(Gaius Valerius Catullus, 기원전 84?~기원전 54?): 로마 공화정 후기의 서정시인.

S산맥을 넘다
— H · N에게

나는 기차를 타고 S산맥을 넘는다. 눈은 검은 바위 틈
새에, 침묵의 나무숲은 강 건너편에 있다. 그리고 우리
는 창문으로 가로막힌 이편에 있다. 담배 연기와 이야기
소리와 증기의 열로 달아오른 세상.

지금 달음질쳐 달아나는 것은 환영 같은 눈송이며 나
무들. 우리는 모두 같은 공기에 젖은 채 그것을 호흡하
면서 말하고, 과일껍질을 벗기고, 잔을 비운다. 서로가
발산하는 나쁜 꿈에 침범당하며 오랜 시간이 흐르는 사
이에 우리의 머리칼은 빠지고 눈알은 튀어나오려 한다.
한편으로 우리의 육신과 모든 진실한 것은 이런 우리
가 입방아를 찧든 도취되었든 아랑곳없이 차갑게 식은
채로 저 깊은 골짜기 바닥에 조용히 누워 있다.

오후가 되자 기온은 한층 더 내려가고 종래는 거센 눈
보라가 몰아친다. 살을 에는 추위 속에 남겨진 우리 육
신도 이제 보이지 않는다.
잃어버린 육신들. 그것은 저 환영 같은 눈송이며 나무
와 함께 이미 우리와는 별개의 공간에서 살기 시작하고

숨 쉬기 시작했으리라. 우리는 그 뒤로도 더 많은 다리를 건너고 터널을 지나 왔고 한참 오래 전부터 지금 자신이 어디에 있는지조차 모를 지경이다.

밤이 오고 거대한 어둠이 우리와 온 세상을 감쌀 때 달리는 열차 소리만이 우리 귀에 울리고 우리는 어두운 유리창에 비친 우리 모습을 마치 우리의 운명이기라도 한 듯 바라본다.

그리하여 우리 대부분은 지금 잠들어 있다. 나는 수신자를 모르는 편지를 쓰기 시작한다.

....

....

그러자 들릴 듯 말 듯 목소리가 들려온다, 아이이이이이……. 멀리서, 아득하게, 귀를 찌르듯, 길게. 목소리는 점점 날카롭고 또렷하게 들려온다. 낮에 본 산 정상에 서서 지금 내 마음에 외치는 소리. 아아, 이건 도대체 누구의 음성인가.

<저자 주>
* 언젠가 내 넋이 '학문의 나무' 아래, 그대 곁에서 쉬게 하여 주소서.
— 보들레르 「악마의 연도(煉禱)」

<옮긴이 주>
* 샤를 보들레르(Charles Baudelaire, 1821~1867): 프랑스의 시인, 미술 평론가. 초기에는 낭만주의 경향의 시를 쓰다 낭만파 시의 감정 과잉에 반발해 탈낭만주의를 선언한다. 시집은 『악의 꽃』 한 권만을 남겼으나 서구 현대시의 시조라 불릴 만큼 후대의 문학계에 지대한 영향을 주었다. 미술 평론가로서는 고대 미술을 절대시하는 사상을 비판하며 현대적 삶을 직접 표현하는 예술이 필요함을 역설하였다.

* 「악마의 연도(煉禱)」 번역 시 인용 출처: 샤를 보들레르, 윤영애 옮김, 『악의 꽃(대산세계문학총서 018/시)』, 문학과지성사, 2003.

법칙

음악은
그곳에서 울리고 있었다
긴 시간이 지나서야
나는 문득 그 사실을 깨닫는다

그대가 앉아 있는
긴 시간이 지금 막
시작하고
나는 그 사실을 깨닫는다

긴 겨울이 멀어져 간다
겨울이
지금
눈이 핑핑 돌도록 빙글빙글 멀어져 간다

어두운 갈색의 전쟁은 끝났다
나는 눈꺼풀 속을 찌르는 빛 쪽으로
나를 열고
그 앞에 펼쳐진 드넓은 대지를 본다

나는 당신의 것이다
나는 당신의 팔에 안기며
팔에 안김으로써
팔에 안김으로 인해 세계가 무엇인지를 안다

보아라 나는
내가 속한 낡은 세대를 버리고
새 세대를 위한 삶을 시작하리라

그토록 길게 나를 가두었던 겨울이
지금
이지러진 점처럼 멀어져 간다

존재에 관하여

차가운 액체가 방울져 떨어진다. 기차는 굉음을 내며 달려간다. 나는 그 안에 자리를 잡고 앉는다. 행선지도 모르지만 나는 굳이 물을 마음도 없고 그것이 어떤 의미를 가지는지 알려고 들지도 않는다. 일찍이 내가 살아가는 데서 내 삶에 관해 어떤 의문이 들었던가? 나무며 다리며 길이며 집들이 뒤로 달아난다. 나는 그저 그것들을 보고 이해하는 데 그칠 뿐이다.

깨어나는 순간은 불시에 찾아온다. 깨어남은 세상의 활동을 제쳐 두고 편안한 잠을 탐하던 너 자신을 깨닫는 일이다. 깨어나는 순간은 또 바람처럼 찾아온다. 슬픔으로 가득한 육신을 너풀거린다. '우우우우' 하는 외침소리가 일어난다. 바람, 이슬, 햇빛, 미소, 한숨이 그 위로 떨어져 반짝이거나 날아오르기도 한다.
우리는 새와 같다. 그 위를 맴돌며 나는 새와 같다. 수천 마리의 새와 같다. 세상을 있는 그대로 받아들여라. 세상 속 슬픔, 세상 속 육체, 그 한순간 지나가는 것 안에 몸을 숨겨라.

우리는 슬픔에서 슬픔으로 옮겨 간다. 우리는 세상 위에 우리 몸을 포갠다. 우리는 세상 속에 침투해 세상과 교섭을 벌인다. "세상은 내 것이다!"라고 외치려거든 너를 확산시키고 너를 세상 속에 흩뿌려라. 나는 세상 끝나는 날까지 사라지지 않으리. 지난날 내가 맛본 것, 들은 것, 본 것, 만진 것, 그 모든 것은 세상 끝나는 날까지 사라지지 않으리. 우리가 이 세상에서 잃을 것은 아무것도 없다.

고즈넉한 해 질 녘이었다. 눈에 보이는 모든 것이 우리 삶의 순수성을 밝히고 있었다. 타오르는 불꽃은 그 자체가 우리 삶의 상징이었으며, 타오르는 불꽃의 순수성은 삶의 혼돈과 다양성 속에 싸여 있었다. 소용돌이치며 흐르는 가운데 무엇인가가 태어났다. 쇠퇴 속에 새것이 준비되는 법, 생명 있는 것은 항상 새로우며 점점 더 새로워진다. 창문으로 보이는 풍경은 일단 우리 뒤로 날아가 버리고 사라지지만, 우리가 사라지고 아무도 없을 때 다시 무엇 하나 빠짐없이 원래의 모습, 원래의 위치로 되돌아온다.

시간이여, 더 빨리 돌아라. 세상 만물을 더 빨리 날라다 옮겨라. 그리하면 우리의 삶은 더욱 치밀해지리라. 우리가 느낀 감동은 더욱 일관해지리라.

우주가, 또 인생이 우리에게 보여 주는 드라마 따위는 대수롭지 않다. 그것들이 우리에게 행사하는 권한이라야 뻔하다. 지나쳐 가는 사물들이 보이는 찰나의 얼굴을 재빨리 포착하는 요령을 우리 조상들은 알았다. 그들은 우리 삶이 부여받은 능력을 더 유용하게 쓰는 기술을 터득했다. 그들은 우리가 살아가는 데 필요한 것과 그렇지 않은 것을 분명히 구별하는 요령을 통달했다.

어느 겨울 밤 나는 그때까지 내가 이것이야말로 만물의 도리요 진리라고 굳게 믿은 것들이 일제히 와해하는 광경을 본 적 있다. 그때 나는 그곳이 차디찬 마파람 불어 닥치는 다락방이든, 수백 명의 미녀들에 둘러싸인 왕궁의 홀이든, 넓은 바다 한복판이든, 초원이든, 길모퉁이든, 그런 것이 조금도 우리의 삶을 속박하고 제약하지 않는다는 것을 알았다. 우리는 수천, 수만 개의 삶 가운데 단 하나의 삶만을 지닌 존재이다.

나방 한 마리가 지금 내 눈앞에서 죽어 간다. 나는 그 모습을 물끄러미 바라보며 내 마음속에서 반응하는 무엇인가를 느낀다. 무엇인가가 닫힌 내 마음의 창을 똑똑 두드린다. 무엇인가가 천금 같은 무게로 내 마음속에 가라앉는다.

우리가 사는 이 세계에는 언제나 순백의 공책이 펼쳐져 있어 이 세상에서 일어난 모든 일이 아무리 사소한 사건이라도 빠짐없이 기록된다. 때로 우리가 침대에 기어 들어가 전깃불을 끄고 잠자리에 들 때 처음에는 어렴풋이, 차츰 선명하게 그것을 인식할 수 있다.

우리의 삶을 일깨우는 온갖 죽음의 가르침에 귀를 기울여 보자. 우리가 함께 사는 장소, 공통의 세상이 있다. 죽은 벗, 꽃들, 하얀 눈, 작은 배, 우리가 만진 모든 것, 모든 사람들, 풍경, 그들 전부가 함께 놓여 살아가는 장소가 있다. 우리는 그것을 탐구해야 한다. 우리는 이제 우리가 가진 모든 것을 전혀 의심할 필요가 없다. 그대도 나도 한 생명을 같이 나누어 가졌다. 그대는 이 세상 모든 생물이 가진 단 하나의 생명을 나누어 가졌다. 그대는 그대의 머리가 그려내는 일체의 망상을 버려야 한다. 특히 그대에게 세상 만물 일체를 다스릴 힘을 주리라 착각하는 온갖 법칙과 질서를 내던져야만 한다. 그리고 그대는 자신이 이 우주에서 가장 늦게 태어난 자이기에 아직은 한갓 이 세계의 유아일 뿐임을 알아야 한다.

××여, 나는 그대를 본다. 나는 이제 그대를 보기만 해도 내 생명이 무엇에 속했는지를 안다. 내가 그대를 보고 그대를 따르며 살아간다는 건 좋은 일이다. 나는 없다. 나와 그대라는 두 개의 의지는 우리 생명을 성취하기 위한, 이 우주의 의지를 이루기 위한 계기 중 하나일 따름이다.

침묵하라. 오늘 한 남자가 얻은 체험은 진작 타자 속에 스며들어 우리 모두가 공유하는 체험이다. 우리의 체험과 행위는 전부 산 자의 이름으로 행해지고 세상이 끝나는 날까지 스러지지 않는다. 설령 당사자인 그대는 그 일들을 모조리 잊을지언정 이 세상에서는 어느 것 하나도 사라지지 않는다.

침묵하라. 그것은 좋은 일이다. 모든 것을 잃는 일. 기쁨, 슬픔, 고뇌, 고귀한 사상이며 추잡한 망상까지 모조리 잃는 일. 그것은 좋은 일이다. 우리가 아무것도 지니지 않고 무일푼에 맨손이 되는 일은. 그 무엇도 머무르지 못하는 공간에 오늘 무엇인가가 키워지는 일.

이 무언가, 이 바람 속에서 키워져 축적되어 가는 무엇인가를 보라. 우리의 행위가 행해지는 공간을 생각하라. 우리 스스로의 육체를 생각하라. 여기 우리의 행위 하나하나를 통해 더욱 확고해지는 존재가 있다. 고뇌와 기원 속에서 자라나는 당신의 육체가 있다.

2부

꽃다발을 든 남자

남자는 꽃다발을 든 채
어디로 가야 할지 몰랐다
남자가
꽃다발을 든 채 한참을 망설이자
구름이 내려와
남자를 가려 버렸다

허나
결코 구름이 짓궂은 건 아니다
그건 구름이 해야 할 일이니까

남자는
여전히 꽃다발을 받쳐 들고 있다
언제까지나
그대로

　우리가 본 건 영원이었다
　우리가 들은 건 영원이었다
　영원이 소용돌이치고

또 소용돌이쳐서 불꽃이 된다

남자의 육체는
화염 속으로 풀썩 쓰러진다

지옥의 나락으로 떨어지는 것
사랑은
우리에게 무슨 의미인가
빨강 노랑 주황색
망령에 둘러싸여
나는 내가 우선
무엇을 잃어야 하는지를 안다

눈과 혀
피부
그것들을 잃어야만
우리의 생이 시작된다는 것을 안다
생이 무엇인가를 안다

눈은 필시 거대한 것이다

눈은 필시 거대한 것이다
안구는 뇌수로 연결되고 다시 신체 모든 기관으로
열린 눈은 당신을 세상 만물로
만물의 얼굴로 공포로 온화함으로 황홀로
당신 스스로가 당신을 마주보게 한다

눈은 필시 거대한 것이다
안구는 당신을 빨아들이는 심연
그것은 신체 밖으로 노출된 어쩌면 유일한 살
상처입고 갈라진 살도 (그것이
살아있는 한) 무수한 눈을 가진다

모든 것에는 눈이 있다 피부에도
피부는 그 전면에 있고, 집에도 나무껍질에도 대지에도
죽은 이의 몸뚱이에도 뼈에도 특유의 눈이 있다
그런 의미에서 공기에도 혹은 생각에조차
밤에도 무無에도 또한 눈이 있다

꽃들 사이에서 뜨는 눈

물속에서 뜨는 눈
한밤중에 뜨는 눈

눈은 필시 거대한 것이다
모든 것은 눈에서 나와 눈으로 들어간다
죽은 자도 나무도 돌도 짐승도 눈에서 나간다
눈에서 나가는 모든 것
생명 있는 것, 보이지 않는 모든 것이 세상의 구성물
이다

나는 어머니를 모른다 하지만 아버지를 안다
(나는 눈을 가졌나? 만일 있다면
나는 온몸에 눈을 가졌다)
아버지는 공기 중에 있다 아버지는 아치형의 하늘을
걷고 있다
그 모습을 어머니의 품속에서 봤는지도 모른다

눈은 필시 거대한 것이다
오늘 하늘에서 타오르는 눈
오늘 나는 여기에 없다 이 다리橋의 한쪽 끝에

펼쳐진 책

저녁이 되자
하늘이 물처럼 번집니다
그때
빌딩 그림자가 갑자기 길어지더니
아무도 없는 제방 근처에까지 닿습니다
높이 날던 새들이
육지를 향해
울어대며 돌아갑니다
바다 위에 정박해 있던
배의 연기도
바람에 흩어졌습니다
개를 데리고 서성이던 남자도
이윽고
이쪽을 향해
차가운 공기를 맞으며 돌아옵니다

거리

나는
일찍이 신비한 보름달을 위해
내 첫사랑의 이름을
얻었다
그 이름이
지금은 떠오르지 않는다

어두운 수로 양쪽의
건물 사이에 끼인 하늘에서 오늘 그 달을 보고
나는 마음이 쓰렸다

그것은 지금
커다란 건물의 옥상에서 막 분리되었다
그리고 일렬로 줄지어 선 건물의 위에 있는
차양이나 쇠살문을
하얗게 비추었다

　연인이여
　너는 누구였던가

나는
다만 너의 거대한 육체를 느낄 뿐

그곳에
하나의 아주 투명한 공간이 있었다
일체의 희망을 거절하고
나는
오, 무엇인지 모르는 무언가로 인하여
전율한다

달이 다시 조금 움직여
중천에 걸리면
나는 무릎을 꿇고
정체 모를 그 무언가를 위해 용서를 빈다

사랑은 어찌 되나?

1

화가이자 시인인 내 친구 O가 시를 한 편 썼다
「놓친 메기가 크다」
O는 아직 젊었고
그 시를 한 소녀에게 바쳤다

'바람이 불면 고환이 쪼그라드는 소리가 들리고
아아, 오늘 밤에라도 부모님이 돌아가실 것처럼 달은
반짝반짝 빛났다……'

그로부터 오랜 세월이 지나고
시인은 이제 이 세상에 없다

2

나는 지금
겨울 코트를 입고 어딘지도 모르는 길을 걷고 있다
내 위에는
틴토레토*의 노란 하늘이 펼쳐져 있다

나는 지금 그 아래를 걷고 있다
나는 추잡하고 시기심 강하며 소심한 삼십 대 남자다

                3
사랑은 어찌 되나?
이런 나날 속에서

어둠침침한 뒷골목에서 누군가 내 귓가에
격렬하게 속삭인다
"이봐, 거기 물웅덩이가 있어. 에잇, 벌써 빠져버렸네
맙소사, 가서 바지를 빨아야겠군"
아아, 이것이 사랑이다

                4
인생의 길 위에 낙하하는 일
나는 불현듯 아픔이 사랑이라는 걸 깨닫는다

냄비에 물을 붓고 가스밸브를 돌린다 이게 사랑이다
이불을 깔고 그 속에서 새우잠을 잔다 이게 사랑이다

어제에 이은 오늘, 이게 사랑이다

모두 잠든 후에 바람이 분다
아아, 이게 사랑이다

사랑은 꿈속에도 있다
사랑은 안개 속에도 있다

사랑은 한숨 속에
사랑은 흐느낌 속에 있다
벽에서 새어 나오는 불빛 속에 있다

사랑은 처음에 있고 끝에 있다
지금을 지나쳐 간다
알려지지 않은 우리의 육체 속에 있다

걱정은 만인의 것이다
우리 중에는 자살한 사람, 신이 포기한 사람
우리의 피부에 생긴 균열

깊고 깊은 밤중에 생긴 균열
신의 사랑도 닿지 않는 갈라진 곳
오오, 우리의 사랑은 부르짖음이다
우리의 부르짖음은
세상의 허무한 벽에 부딪혀 무시무시한 반향을 일으킨다
우리의 사랑은 부서지고……

〈옮긴이 주〉

* 틴토레토(Tintoretto, 1518~1594): 이탈리아의 화가. 베네치아파에
속하며 역사화, 종교화, 초상화에 뛰어났다. 본명은 자코포 코민
(Jacopo Comin)이며, 천을 염색하는 장인의 아들로 태어나 '어린 염
색공'이라는 뜻의 '틴토레토'라는 별명이 붙여졌다. 주요 작품으로 〈성
마르코의 기적〉이 있다.

슬픔

나는 처음에 그것이 말馬처럼 보였다
그것이 두 배로 부풀어 올라 선홍색 벽 위에
밝은 빛이 얼룩을 떠오르게 하여
상자와 꽃병의 날카로운 그림자, 가늘고 긴 그림자를
드리우고
얼룩의 한 부분이 그림자에 삼켜져서
　거기는 머리
　벽지의 늘어진 부분은 몸통
이상하리만치 길게 일그러진다
몸통의 어두운 부분에 칭기즈칸 황제의 투구 같은 것
이 보인다
불타 무너진 도시 같은 것이 보인다

나는 커다란 범선의 밑바닥에 숨었다
겁먹은 한 마리의 귀뚜라미였던가
아직 한 번도 바다나 하늘을 본 적이 없다

나는 이 귀뚜라미의 비유였나
실재하는 것을 가지지 못한 나는

이 실재하는 귀뚜라미의 대변인
귀뚜라미의 대역에 지나지 않았던가

그늘 속에 있는 나
나라는 존재는
이미 죽어버린 귀뚜라미의 망령이었던 것이다

여행

한 남자가 "나의 먼 과거"라고 말한다. 그러자 금세 광활한 사막이 나타난다. 남자의 목에는 가느다란 은 장신구가 걸려 있다. 끝이 땅에 닿을락 말락한다. 고통에 일그러진 남자의 얼굴이 하늘에 비친다. 그리고 사라진다.

이제 우리는 여행을 떠난다(우리라고 했으나 실은 나혼자다). 가재도구 하나 없는데도 양쪽 어깨가 몹시 무겁다. 그녀는 자고 있다. 나는 왜, 어디로 가는 것일까? 그녀는 깊이 잠들었다. 우리 주변에는 공기뿐이고 어떤 낌새도 없다.

괴로운 운명! 나는 어느 하나 거역하지 않았으나 아무것도 깨닫지 못했다. 꽃이 피고 파리와 두꺼비 떼가 나에게 친근하게 다가온다. 나는 손발만 겨우 움직이지만 그래도 움직여야 한다. 이게 무슨 꽃동산인가!

내가 그녀와 결혼한 것은 무엇에 의해서였을까? 나는 무엇에 속하는가? 나는 아직 아무것도 보지 못했고 아무것도 만지지 못했다.

그리고 나는 파리지옥 같은 곳에서 해체되어 가며 꿈을 꾼다. 불가사의한 것을 소유한다. 나는 그렇게 세상을 돌아다니는 모양이다. 온 세상을 돌아다니면서 나는 추락해간다. 사람들은 이를 가리켜 사랑의 세상이라고 하던가.

나는 석양

나는 석양
지그문트 프로이트*의 안경을 쓰고
걷는다

열린 창문
지평선
숲
사람
자동차

어지러이 나는 새들
바다
그리고
별
거룻배

오,
만일 누구에게나 부적 하나가 필요하다면
하늘을 등지고 돌아가는 남자는

진홍색 머플러를
둘러도 좋겠다

밤이 모든 것을
집어삼킬 때
모든 이가 자신의 목적지를
잃어버릴 때

〈옮긴이 주〉

* 지그문트 프로이트(Sigmind Freud, 1856~1939) : 오스트리아의 신
  경과 의사로 정신분석의 창시자. 히스테리 환자들을 진찰하던 중 최
  면 치료의 부작용에 직면하여 그 대안으로 정신분석학의 기초인 대화
  치료 기법을 고안했다. 꿈 · 착각 · 해학과 같은 정상심리에도 연구를
  확대하여 인간 심리에는 다층적인 무의식이 존재한다는 가정 아래 심
  층심리학을 확립했다.

깊은 밤 책상 위에 놓인 자막대기

깊은 밤
책상 위에 놓인 자막대기
무엇을 보고 있나
얇은 철제 자막대기는
언제, 어떤 사람에 의해 만들어졌나
자잘한 눈금을 온몸에 빽빽이 새기고
가족이 모두 잠든 깊은 밤
창가를 향해 온몸의 귀를 쫑긋 세우고 있네

밤이슬에 젖은 지붕
수은등에 비친 가로수
뜨문뜨문 달리는 자동차
불이 꺼진 창
공사 중인 건물의 철골
건널목, 아무도 보지 않는 입간판
무서운 꿈을 꾸는 아이들
점멸하는 신호등
골목에서 광장 쪽으로 불어가는 바람

아무것도 보이지 않는 하늘
그런데
철제 자막대기는 조금씩 땀을 흘리고 있네
밤은 인간의 원망으로 가득하네
결코 충족하지 못할 음성을
사물들이 호응하는 음성을
밤 속을
화살처럼 종횡으로 뻗어나가는 음성을
어둠 속을 가득 채운 태곳적 음성을

지붕들을 넘어서
소망을 지나서
마을을 넘어서
들판을 가로질러
별들의 음성을 쫓아
얇은 철제 자막대기는 귀를 쫑긋 세우네

3월, 우리는 여전히 어두운 길을

크고 빛나는 별
공기는 험악했다
바람은 꿍꿍하게 숲을 뒤흔들고 있었다
집은 시커멓게 대지에 들러붙어 있었다

3월
우리는 어두운 길을 걷고 있었다
우리는 서로 사랑하고 있었다
사랑의 증거는 얼마든지 있었다
희미하게 빛나는 하늘
서향나무의 향취
물웅덩이에 젖은 발의 감촉
그 모두가
우리의 증거였다
공기는 윙윙거렸다
우리는 춥지 않았다

우리는 주머니에 손을 찔러 넣고 걸었다
주머니 속에는 담배와 성냥

얼마 안 되는 잔돈
하지만 그게 무슨 상관이랴
우리는 걸었다
누가 우리의 걸음을 멈출 수 있으랴

우리는 걸었다
새벽과 낮과 저녁과 밤을
역을
공장 거리를
긴 다리를
산이나 언덕을 뚫어서 난 길을
낭떠러지 위를
모든 계절을
우리는 걸었다
우리 사랑의 증거를 위하여
세상과 하나 되기 위하여

우리는 매 순간에

우리는
매 순간 무언가를 자아낸다
그러나
결코 자신에게는 보이지 않는다
무슨 의미가 있는지도 도통 모른다

당신이 길을 걷거나
당신이 어딘가에 앉아 있거나
누군가와 커피를 마시거나
또는 당신이 잠든 때조차
당신은 꿈속에서조차
한순간도 쉬지 않고 무언가를 자아낸다
아아, 대체 무엇일까

나는
당신이 자는 동안
그 모습을 지켜본 적이 있다
나는 지금도 또렷이 떠올릴 수 있다
확증은 없지만

반짝반짝 빛나는 투망처럼
포근하게 당신의 몸에 둘러쳐져 있었다
(아, 인간도 누에처럼 누에고치를 만드는군)
하고 생각했다

사람은
문득 떠오른 듯
가령 묘지 위로
그것을 보러 가는가
모든 풍경 앞에서 희미하게 흔들리는
반짝반짝 빛나는 그것을

존재, 나는 이를 포에지*라 정의한다

비가 하늘에서 내리는 광경을 가만히 보고 있노라면 비가 내린다기보다 깊은 진혼의 막처럼 그저 쏟아졌다가 하염없이 돌아가는 존재처럼 보인다.

땅속으로.

땅속에 스며든 물은 넓은 바다로, 그리고 하늘로. 언제부터 이런 순환이 존재했던가. 나는 먼 하늘을 바라보며 생각한다. 우리 인생은 끝이 아니라 어쩌면 처음으로 향하고 있는지도 모른다고.

인간의 언어가 깊은 존재를 상실하게 만든다. 결국 스스로의 생명이 어디를 향하고 있는지조차도. 아, 나는 수많은 생명체가 더불어 살아가는 시간 속에 박힌 각인을 읽는 자다. (별과 대치하다 불에 탄 눈이 멀고, 작렬하는 어둠에 몸을 태우면서 존재는 점차 맑아진다.)

나는 지금 밖에 내리는 빗소리를 들으면서 내 생명에 지워진 의무를 깨닫는다. 내리는 빗속에 녹아들어야 한다는 것을. 나는 수많은 빗방울 중의 하나가 되어야 한다는 것을.

한 방울의 비. 거의 보이지 않을 만큼 작다. 그러나 분명히 존재한다. 거의 보이지 않는 존재의 의지를 누가 지워버릴 수 있으랴.

존재, 나는 이를 포에지라 정의한다.

〈옮긴이 주〉
* 포에지(poésie): 시의 세계가 가지는 정취 또는 시를 의미하는 프랑스 어이다.

낯선 마을에서

언젠가
어느 계단에서
당신은 나를 보게 될 거야
나는 그때
모자를 쓰고
계단을 오르고 있을까?

나는
그런 나를 본 적이 없어

그렇지만 그런 건
아무래도 좋아
당신은 틀림없이 보게 될 거야

　얼룩덜룩한 가로 줄무늬의 공기 사이로
　보이는 마을의 건물은
　몇 세기에 지어졌을까?

나는 길가에 멈춰 서서

공손히 인사하지만
당신은 알아차리지 못하고

어느 건물 한 귀퉁이에서
모자를 쓰고 계단을 오르는 나를
당신은 보았다고 말하지
나는 언제나 스웨터 차림이지만
그런 건
아무래도 상관없어

낯선 마을에서
뒤틀린 나의 생활이 시작되지
건물에도 길모퉁이에도
풍경에도
나는 일일이 표시를 해두지

길 위에서

멀고 먼 언덕 위에 햇살이 비친다
아무도 없는 감나무 가지 끝에서
붉은 열매 하나가 여물어 간다

나는 문득 생각한다
당신이 아주 먼 곳에 있다고
이곳에는 되돌리지 못하는 시간이
불가사의하게 흐르고 있다고

산은
커다란 물체를 껴안은 듯 잔뜩 웅크리고 있다
걸어온 쪽은 나다

　　나는 나를 이탈해야만 한다

황혼의 떨리는 공기로 흠뻑 젖은 공간 속에서

　　멀고 먼 언덕 위에 햇살이 비친다
　　그건 '논리'다

아무도 없는 나뭇가지 끝에 매달린 하나의 열매
그건 '논리'다

그렇게 말하는 소리가 들린다

나는 들어간다, 그녀의 시간 속으로

나는 보지 않았다. 나는 도달했다.
진정한 생명의 영역이 여기에서 시작되리니

기적, 모든 것은 기적이다
2월의 오후도
이 테이블도
하얀 구름도

하얀 모자를 쓴 소녀가 잠들어 있다
공기가 그녀를 맴돌며 무수한 깃털을 날린다
꽃들은 눈을 뜨고
물 위로 가느다란 절규가 인다

시간이 그녀를 낳았다
그녀를 둘러싼 모든 것도 시간이 낳았다
나는 시간을 찬양하리
태양은 고루 비추이고 시간은 태양 안에서 발효된다

발효되는 시간 속에서
벌이 난다
집들이 있고 숲이 있다
길이 있다

아아, 어제까지도 나는 여기에 있지 않았다
어떤 시간에 이끌려 이곳에 왔을까
창문이 있고
테이블이 있고
하얀 모자를 쓴 소녀가 잠들어 있다
소녀를 에워싼 모든 것은
얼마나 멋지고 조화로운가
부드러운 광선
컵도 컵 속의 물도
벽도 마루도 창문도
창문에서 보이는 풍경도
수목도 하늘도
모든 것은 하나의 핏줄로 이어진 듯
소녀와 함께 호흡하고 있다

한낮의 하늘에는 보이지 않지만
명왕성부터 처녀자리의 스피카*에 이르기까지
잠든 소녀와 교감하고 있음이 분명하다

잠든 소녀의 꿈의 기포는
짐승에서 곤충, 물고기에 이르기까지 생생하게 피워낸다

나는 들어간다, 그녀와 같은 시간 속으로
공기가 갈라져 나를 감싼다
창밖에는 숨을 죽인 채
꼼짝도 하지 않고 서 있는 수목들

〈옮긴이 주〉

* 스피카(Spica, Alpha Virginis) : 처녀자리의 알파(α)별 이름으로 처
녀자리에서 가장 밝은 별이다. 스피카는 '곡물의 이삭'이라는 라틴어
이며, 여신이 손에 든 빛나는 보리 이삭이 스피카다. 처녀자리는 늦은
봄부터 초여름 사이에 남쪽 하늘에서 볼 수 있는 별자리로, 전체 하늘
에서 두 번째로 큰 별자리여서 옛날부터 중요시되어 왔다.

옮겨진다, 여름의 끝자락으로

지금을 통과해가는 것들에 대해 말하려 한다. 그런데 나는 지금이 언제인지 알지 못한다. 더군다나 내가 지금 어디에 있는지도. 내 몸은 어둠 속을 달리는 차의 진동에 흔들려 멈출 줄 모른다.

나는 예전부터 옮겨진다는 느낌을 받았다. 무언가가 내 삶을 옮겨 간다는 느낌. 그렇지만 오랜 시간이 흐르는 동안 조금씩 바뀌어 갔다. 내 삶은 지금 어떤 그림을 함께 그리고 있다는 식으로. 나는 그 의지에 대해 알고 싶다. 내가 왜 태어났고 또 왜 살아가야 하는지를. 삶이란 대체 무엇일까(나는 그게 무엇이건 선한 것이라고 확신한다. 어떠한 고난도 기쁨으로 바꾸고 마는 신비한 힘을 가졌으니까). 어쨌든 나는 그 정체 모를 삶을 살고 있다.

옮겨진다, 여름의 끝자락으로
옮겨진다, 나는 차의 작은 진동으로
옮겨진다, 지나가버린 날들로
옮겨진다, 나는 큰 감동으로

감사해야 할 일이 얼마나 많았던가. 바뀌어가는 것을 향해 몸을 숙이리. 그것에 입을 맞추리. 그리고 다시 미지를 향하리라. 아직 아무것도 보이지 않는 아침 안개 속에서 닻을 올리리라. 그리하여 어떤 세계에 다다르든 자신의 운명을 감내하리라.

모든 의지를 버려라. 다가오는 것에 몸을 맡겨라. 이 삶조차 내가 선택한 것이 아니기에. 세상에 적힌 필적을 읽어라. 큰 나무 아래에서 자신이 태어나게 된 필연을 깨달아라. 왜 작은 새가 벌레를 쪼아 먹고, 세상에 바람이 부는가를. 물이 하늘로 솟아올랐다가 왜 떨어지는가를.

나는 나에 대해 아무것도 모른다. 하지만 내가 거기에 속함을 예감한다. 친구여, 우리는 그저 태어나서 죽음으로 나아가는 존재가 아니다. 무엇 하나 후회할 이유가 없다. 한번 붙은 불은 영원하다.

한밤중에

내가 자는 동안에도
나뭇잎은 살랑거렸다
전봇대와 담벼락이
그에 화답했다

공기는 뜨겁고
무수한 꿈틀거림과
속살거림이 들린다
반쯤 이지러진 달이
조금 지쳐서 그걸 보고 있다

"달에게 물을!"
내 속에서
뭔가가 일어나려고 발버둥친다
어둠 속의 유칼립투스*에게
화답하려고 내 속의 뭔가가 버둥거린다

〈옮긴이 주〉
* 유칼립투스(Eucalyptus): 원산지가 오스트레일리아인 교목. 코알라
  의 먹이로 잘 알려져 있다.

96

DISTANCE

담벼락에서 별까지의 거리
그 사이
나는 어디쯤에 있을까

가끔 실눈을 뜨고 본다
개가 보인다
이어서 새가 보인다
바람이 불고
나뭇잎이 춤추는 모습이 보인다
그런데
시간이 조금씩 움직이는 걸까
선명한 풍경 층의 새로운 단면이 얼핏 보이고
그 사실을 깨달았다
자세히 보니
그 층은 몇 겹으로 이루어져 있고
겹겹의 가로줄무늬 속에
떠오르듯
서 있는 당신이 보인다
작게 일렁이며

당신은 다가왔다가 멀어졌다가
가끔 가로줄무늬 속에서
불현듯 사라지기도 한다
'시간의 밀도는 균일하지 않다'
라는 사실을 깨달았다
밀도가 조금 높아지면 나는
나를 가만히 바라보며 미소 짓는 당신이
보인다

그런데 당신은 무엇에 속하였는가
나는 당신이 보여도
나는 당신에게 닿지 못한다
당신이 있는 곳에서는 내가 어떻게
보일까
어떤 위치에 있을까
어느 정도의 거리일까
콩알만 할까
겨자씨만 할까
아니면
털끝만큼도 보이지 않을까

소원

모든 것은
손닿을 듯하면서도
아득히 멀다
100미터 앞의 것보다
바로 눈앞의 것이 어찌 가깝다고
할 수 있으랴
만질 수 없는 존재는
바로 앞이나 몇 미터 앞이나 마찬가지다

나는 오늘 공원을 걷는다
함께 걷는 사람들이 얼마나 멀리 있는지
동네에서 웅성거리는 소리가 들린다
그 웅성거리는 소리는 얼마나 멀리 있는지
오늘은 며칠인지
여기는 어디인지
그따위는 이제 아무래도 좋다
사람은 아무리 마음을 불태워도
무엇 하나 가질 수 없다
아무것도 바뀌지 않는다

오오, 천공에 있는 커다란 희망!

나는
발아래 떨어진 내 그림자를 바라본다
머리 위에는
한없이 먼 태양
멀구슬나무* 꽃이 팔랑팔랑 떨어진다
나는 그 나무를 바라보지 못한다
땅에서 하늘을 향해
낭창낭창 가지를 뻗은 나무들을
빛과 장난치며
바람과 떠드는 나무들의 자유를
나는 따라하지 못한다

부르르 떨며
불타는 그림자
만물에서 무한히 멀다
그러나

그조차도 이윽고 소멸한다
흔적도 없이 사라진다

〈옮긴이 주〉
* 멀구슬나무: 멀구슬나뭇과의 낙엽 활엽 교목. 높이는 7~10미터이다.
 5월에 자줏빛 꽃이 피고, 열매는 9월에 누렇게 익는다. 나무는 가구재
 따위로 쓰고, 근피와 열매는 약용하며 정원수로 재배한다. 한국, 일
 본, 대만 등지에 분포한다.

일그러진 초상

거기에 설탕 단지가 있다
거기에 커피 잔이 있다
나는 그 앞에 앉아 있다
당연한 표정을 짓고
당연한 표정을 한 내가
나와는 아무런 관계도 없는
설탕 단지 뚜껑을 열어 설탕을 떠서
커피 잔에 넣는다
숟가락으로 커피를 저어
커피 잔을 들고
한 모금 마신다

그리고 문득
아까부터 울리는
어느 먼 나라의 음악에 귀를 기울인다
방의 구석에 있는 꽃을 본다
모든 것은 나와 관계가 없는 것을
보고
귀를 기울이고

입에 넣는다

*

바람처럼 들어와서
바람처럼 나간다
나중에는 아무것도 남지 않는다
조금 아주 조금밖에
공간을 더럽히고
일그러뜨리던
존재가 사라지고
공간은
또 원래 모습으로 고쳐 앉는다

*

어둠 속 거대한 벽면에
거대한 시계가 있다
정확한 시간은 알 수 없지만

바늘을 좌우로 팽 하고 튕기며
이두운 밤하늘을 향해
소리 높여 웃는 듯 보인다

남자는 어디에도 없다
시간은
종종걸음으로 지나간다

들판

내가 '들판'이라고 말했을 때
나는 아마 들판을 걷고 있지 않을 거요
나는
어둠 속에 있을 거요
나는 어둠 속에 앉아서
흐르는 구름을 바라보며
바람을 맞고 있을 거요

그것은
어떤 들판보다도 아름답고
그것이
결코 골프장으로 변할 일은 없을 거요
그것은
사라지지 않으며
그것은
나조차도 쉽게 들어가지 못하오

어둠 속에서
설령 그것이 어떤 식으로든 폐쇄될지라도

나는 자유롭다오
이곳에 고독은 없으며
이곳에는
태양이 쨍쨍 내리쬔다오

마음이 동하면
저녁에는 소나기를 쏟아지게 하고
샴페인을 따서
당신과 함께 걸을 수도 있다오

바람의 줄무늬를 보노라면

바람의 줄무늬를 보노라면
그 부드럽게 흐르는 줄무늬를 보노라면
모든 게 순식간에 풀어져
용서하게 된다

우리가 지나온 나날
그리고
사람은 왜 늙어가는가
벌이 날고
꽃이 피고
집들이 지어지고
하나의 국가가 태어나고
하나의 국가가 소멸한다

물가에 서 있는 아이
파도가 다시 밀려온다
하루 종일
태양이 빛나고 있다

하루 종일
그 풍경을
나무의 눈은 바람 사이로 가만히 보고 있다
'현명한 나무'
사람은 왜 저 나무처럼 살지 못하는가
사람은 왜 이다지도 어리석은가

아아, 그러나 바람의 줄무늬를
언제까지고 바라보고 있지는 못한다
눈이 따끔거리고 눈물이 차올라
나는
내 어둠 속으로 되돌아간다

물건들과

입구의 기둥, 문의 손잡이
벽과 천장의 얼룩
방구석의 어둠
그들은
나를 안다
다만 아무런 관심이 없어서
외면하고 있을 뿐이다
연필은 지금 내 손에 쥐어져 있다
그러나
내게 관심이 있어서가 아니다
가령 나는 문손잡이에
친절하게 손을 댄 적이 없다
그래도 손잡이는
언제나 움직여준다
그렇다고 해서
손잡이가 나를 환영해 준다는
뜻은 아니다

기둥도 손잡이도

벽의 얼룩들도
말없이 나를 보고 있다
'정말 귀찮은 녀석이야'라고 생각하면서
내가 두 번 다시 이 방에
돌아오지 않을 것처럼 나가야만
그들은
비로소 가슴을 쓸어내리겠지
나는 그것을 알고 있으면서도
그들과 지금 어울려 지내고 있다
그러나
그것은 시간문제다

3부

철원의 초여름

— 김광림 시인에게

초여름 구름이 높게 낀 날에 나는 어느 바위산의 바위 위에 있었다. 그때 손에 닿은 바위의 감촉을 지금도 기억한다.

바위는 매끄러웠다. 바위산 전체는 멀리서 보면 푸르죽죽한 색이었다. 그러나 그 바위산에 올라 바위 표면을 쓰다듬을 때면 그것은 연한 크림색에서 투명한 청록색으로 바뀌었다. 희미하게 빛나는 장미색도 그 속에서 느껴졌다. 바위는 딱딱했다. 나는 발가락과 손가락으로 완만한 경사면을 개구리 같은 자세로 착 달라붙어 있었는데 차가운 바위 표면에는 흡착성이 있어서 힘을 주지 않아도 미끄러져 떨어질 염려가 없었다. 몸을 조심할 필요조차 없었다. 나는 태어나서 처음으로 '바위 또 바위'의 광경을 차분히 바라볼 수 있었다.

자세히 보면 각각의 바위에는 숨겨진 눈이 있었다. 웬만큼 눈여겨보지 않으면 눈에 띄지 않지만 틀림없는 눈이었다. 큰 몸체에 적합한 큰 눈은 아니었다. 이를테면 거대한 몸을 가진 코끼리의 눈처럼 작다고나 할까. 인간이나 동물처럼 기쁨, 슬픔, 고독, 분노, 공포를 가진 눈도 아니었다. 이따금 눈을 감기도 하고 뜨기도 했지만 무엇을 보는 것 같지도 않았다. 숨을 쉬는 듯이 보이기도 하고 반짝이는 반딧불 같기도 한 많은 바위의 눈을 나는 정신없이 보고 있었다.

미풍이 일었다. 공기도 바위산도 투명했다. 바위와 바위의 틈에는 덩굴소나무나 투명한 연보랏빛 바위철쭉이 피어 있었다. 희한하게도 새와 곤충이 우는 소리는 들리지 않았다. 쥐죽은 듯 고요하여 시간이 멈춘 듯 느껴졌다. 내가 어른이었다면 무척 외롭다고 생각했을지도 모른다. 그러나 나는 열 살, 나는 무척 평온했다. 나에게 그 시간은 마치 나 자신처럼 친숙했다. 나는 거기서 영원히 그대로 머물고 싶었다. 다른 어디로도 가고 싶지 않았다.

산을 내려왔을 때 학교와 집 그리고 그곳에 사는 사람들의 모습이 몹시 멀게 느껴졌다. 내 속에서 뭔가가 죽고 뭔가가 다시 태어났다. 사람들은 나를 몽유병자로 취급했지만 내 자신도 세계도 분명히 알고 있었다. 이제는 이렇게 달라진 나로 쭉 살아갈 수밖에 없다는 생각이 들었다. 열 살 조선 강원도 철원의 초여름.

스캔들(추문)

1
햇빛이 쏟아지는 길 위에서
나는 길가의 빈 깡통처럼 까만
하나의 스캔들 같은 존재이겠지?

"맞아
햇빛은
너만을 위해 쏟아지는 건 아니니까"

햇빛은
세상 만물의 구석구석까지 쏟아진다
채소밭, 높은 탑, 집들의 지붕
머나먼 바다, 바닷가에서 노는 아이와 개들
모두 햇빛에 잘 녹아들어 있다
햇빛에 동화된다
그런데
햇빛은 내 정수리를 쨍쨍
사정없이 태운다
뜨겁다! 내 머리는 마비된다

"그래. 네 머리는 뜬숯이다
몇 번이고 불을 붙여주지
마침내 재가 될 테지
너는 눈엣가시다
그저 잡살뱅이일 뿐이다"

아, 아, 아 하고 나는 외친다
나는 나를 목 졸라 죽이고 싶다
나는 내 목으로 손을 뻗었다
그러자
지상과 천공에서 일제히
폭소가 터져 나왔다

2
아스팔트 길을 걷는다
차가 끊임없이 달린다
나는 길섶을 걷는다. 굴러 떨어지지 않도록
조심하면서

모자가 날아가지 않도록 조심하면서

"아, 모든 것은 스캔들이다
포장도로도, 차도
고층 빌딩도
그곳을 걷는 사람들도, 나도"

언젠가 와해되겠지, 모든 것을
거짓된 모든 것을
나는 일찍이 보았다
황폐해진 풀이 텁수룩하게 난 성터를
나는 거기에 오래 머물지 못했다
그 지나친 고요 속에

'고요' 그것은
그 어떤 소음 속에나 처음부터 존재했다

3
초대받지 못한 존재의 행동거지 그리고 그 존재를

스캔들이라고 한다면
나는
영락없는 스캔들이다

엄마는 내게 말했다
"왜 이런 걸 낳았을까"
나는 화가 나서 말했다
"나를 낳아달라고
당신에게 부탁한 적 없어"라고

엄마는 말없이 몸을 떨었다
나는
총구를 떠난 탄환처럼 튀어나갔다

나는 인간이 싫어서 인간과는 잘 어울리지 않았다
나는 마을에서 마을로 골목에서 골목으로 떠돌았다
들고양이와 들개의 시선으로
그것들을 상대로 그리고 때때로
빌딩 숲의 골짜기에서 하늘을 올려다보았다

어두운 밤하늘의 달을

"오, 코요테여
너에게 묻고 싶구나
나는 이 땅에서
언제까지 초대받지 못한 손님인가?
내가 머물 곳은 대체 어디인가?"

스캔들은 걸었다. 걷고 또 걸었다
그는 정처 없이 헤매고 있는 듯이 보였다. 하지만
그렇지 않다. 그는 원하고 있다
머물 곳을
그 이상 어디로든 떠나지 않아도 되는 장소를

어디로든 어디로든 어디로든
그렇다
그는
보이지 않는 실에 이끌려
눈이 먼 오이디푸스*처럼

4

지상의 자원을 빼앗고, 싹이 나면 훔치고, 남으면 불태워 버리고, 또 다시 훔치는 인류.

돈 때문에 얽매이고, 무릎 꿇게 만들고, 착취하고, 폐인으로 만들고, 죽음으로 몰아가고,

돈은 죽은 자까지도 쫓아가며 죽은 자도 재우지 않는다. 산 자는 스스로의 삶이 두려워 살아 있음을 실감하지 못한다.

인류는 땅이 불러들인 손님일까?

어쨌든 인류는 자신들의 손으로 스스로 목을 조이고, 자신들의 손으로 멸망해갈 테지.

멸망하는 편이 낫다, 자신을 과신하는 자여, 오만불손한 자여, 소멸하는 편이 낫다. 풀도, 나무도, 벌레도, 흙도, 공기도, 모두 그것을 슬퍼하지 않고, 필시 그들은 인류가 어찌되든 처음부터 관심도 없었을 테니.

그래, 나는 처음부터 벌레들의 친구다. 짓밟으려거든 짓밟아 보아라.

대체 어느 쪽이 스캔들인가?

단테*는 분노했다. J. 스위프트*는 미친 듯이 격노했다. 입센*도 분노했다.

나는 잠들지 않는다, 잠들지 않는다, 잠들지 않는다. 내 눈꺼풀은 여전히 지옥의 바닥에 달라붙어 있다.

〈옮긴이 주〉
* 오이디푸스(Oedipus): 그리스 신화에 나오는 테베의 왕으로 신탁에 따라 아버지를 죽이고 어머니와 결혼하는 비극적인 운명의 주인공이다.
* 단테(Dante, 1265~1321): 이탈리아의 시인. 예언자, 신앙인으로서 거작 『신곡』을 남겼다.
* 조너선 스위프트(Jonathan Swift, 1667~1745): 영국의 풍자작가, 성직자, 정치평론가. 명작 『걸리버 여행기』가 있다.
* 헨리크 입센(Henrik Johan Ibsen, 1828~1906): 노르웨이의 극작가. 힘차고 응집된 사상과 예술을 바탕으로 근대극을 확립하였으며, 근대 사상과 여성해방 운동에 다대한 영향을 주었다. 대표적인 걸작에 『인형의 집』이 있다.

머나먼 천사

해 질 녘이 되면
이 일대는 갑자기 아이들의 목소리로 떠들썩해진다
엄마들은 저녁 준비로 바쁘겠지
해님이 저물 무렵에는
작은 새들도 분주하다
작은 새들은 무리를 지어
새살거리는 아이들의 머리 위를 어지러이 난다

나는 집 안에서
그런 광경을 상상한다
새된 아이들의 목소리, 쿵쾅거리며 뛰어다니는 발소리
나는 어른이라서
거기에 끼어들지 못한다
멀리서 비둘기 우는 소리가 들린다
개 짖는 소리도 들린다

높직한 언덕의 집들, 나무들, 전신주
멀리 산비탈에는 석양이 닿아 있겠지
동쪽 하늘에는 짙은 감색 바다처럼

밤이 날개를 펼치고
좁은 수로의 바닥은 벌써 거무스름하게
어둠에 잠기기 시작한다

*

내 방도 어두워졌다
아이들 소리도 이제 들리지 않는다
해 질 녘은 찰나와 같이 짧지만
그래도
내 귀에는 아직 아이들의 목소리가 남아 있다
하지만
이제 머나먼 환영이라고
어둠 속에 앉아 있는 내게는
있을 수 없는 일이라고

나는 어둠 속에서 생각한다
──그것은 머나먼 천사였을까

커다란 두 공간의 틈새기에서

한 사람은 비행기를 타고 날아올랐다
다른 한 사람은 어두컴컴한 술집 횟대에 앉아 있다

한 사람은 내가 아직 알지 못하는 나라의 어느 마을 어
느 집 문을 열고 들어간다
가족이 있겠지만
나는 당신의 가족을 모른다
당신들이 어떤 인사를 하고
어떤 음식을 먹는지도

한 남자는 어두컴컴한 술집 구석에서
또 다른 사람의 단란한 가족을
한 장의 그림처럼 떠올린다

어쨌든
지금은 늦은 가을
나무마다 이파리가 노랗고 붉게 물들었다

한 남자의 주위에도

아직 본 적 없는 이국의 집 주변에도
낙엽이 깔려 있겠지

거대한 깔때기 모양의 물체가 보인다
한 남자의 등 뒤로
다른 한 사람의 단란한 가족 뒤로
단풍 든 나무들 사이로

고다의 밤

밤이 되면 이 일대는 어둡다
고다강*의 어두운 물에
여러 개의 별이 비쳐 있다
도쿄에서 막 돌아왔을 무렵에는
별이 강 수면에 비치는 풍경에 놀라고
감격하기도 했다
밤이 이슥해지면
나무들은 새까맣게 치솟고
이 일대는 조용해진다
불이 꺼진 집들은 시커멓게 땅에 달라붙어
어둠을 두려워한다
어둠은 팽팽하고 속이 꽉 차 있다
날카로운 신경이 수많은 화살처럼
나를 꿰뚫는다
산, 강, 나무, 들판은 잠들지 않는다
그것들은
밤새도록 별들과 교신하는 걸까

나는 어둠 속에서

팔을 활짝 펼쳐보지만
내 손에는 아무것도 닿지 않는다
천지를 에워싼 어둠은 터무니없이 커서
나는 방향조차 모른다
나는
여기가 어디인지도 모른다
그럼에도
어둠이 점차 나를 적시기 시작한다
어둠은
온갖 목소리로 가득하다
그것이 내게 울린다
먼 목소리, 가까운 목소리
무수한 목소리
그 목소리가 무엇인지
나는 여전히 모르지만
나는 지금
온몸으로 듣고 있다

〈저자 주〉
* 고다(神田)강: 일본 시코쿠(四国) 남부 고치 현(高知縣) 고치 시의 서
  남쪽 교외를 흐르는 작은 강으로, 가가미가와(鏡川) 강에 합류된다.

펼쳐진 책 2

해 질 녘 바닷가에 아이들 넷
나는 그때
멀리 떨어진 돌 울타리에 기대어
갖가지 색으로 바뀌는
바다와 하늘을 바라보고 있었다

낮에서 밤이 되고
밤은
멀리 후미*에서도
바로 가까운 나무에서도 숲에서도
집들의 처마 밑에서도
내 발밑에서도
신비한 생물처럼
촉수를 뻗어
빠르게 퍼져나간다

바다는
수평선이 두드러진 한 줄기 검은 선
해안 근처는 아직 하얗다

그 하얀 색을 배경으로
검은 실루엣이 되어 아이들 넷이 징난을 친다
한 덩어리가 되었다가
둘이 겹쳐져 셋으로 보였다가
갑자기 흩어지며 넷이 되었다가
지치지 않고 그러기를 반복한다
목소리는 닿지 않는다
아마 고함을 지르고 있을 테지만
어렴풋한 바닷물 소리만 가득하다
저물어 가는 하늘과 바다
하얀 배경은 시나브로 좁혀지는데
검은 실루엣으로 보이는 아이들의 움직임은
언제까지나 계속된다
나는
싫증내지 않고 그 광경을 바라본다

나는 생각한다
신이여
낮과 밤 사이의 틈으로 엿본

이 짧은 순간의 팬터마임
우리 삶의 찰나에 나타난
그것은 무엇인가요
신이여
나는 이해합니다
내 하루하루의 수많은 삶은
이 해 질 녘의 실루엣을 위하여
준비된
것이라고

별이 빛나기 시작한다
나는
내게 맡겨진 것이 무엇인지를
안다

〈옮긴이 주〉
* 후미: 바다와 호수의 일부가 육지 속에 깊숙이 들어간 곳을 말한다.

사과와 나의 관계

동그란 사과가 있다
내 책상 위에

나는 생각한다
어째서 이 사과가 지금 내 책상 위에 있지
어째서 지금 내가 여기에 있지
그보다 어째서 나는 여기에 있어야 하지

여기는 아주 먼 곳이리라
어쩌면 누군가에게서도
당신에게서도
저 성운에게서도
나는 대체 어디서 여기로 왔을까?

나는 생각한다
사과의 상상력은 어디까지일까
사람이 상상을 하려면 여러 장애가 생기지만
사과는 그렇지 않다
나는 밤이 되면 침대에 기어들어가 자는데

사과는 같은 장소에서 미동조차 않는다
사과는 말없이 꿈을 꾼다

나는 커피를 마시고 신문을 본다
사과는 그동안 말없이 아무것도 하지 않는다
아무것도 하지 않고 사과는 대체 무슨 생각을 할까
분명 사과는
내 상상의 범위를 훌쩍 뛰어넘어
내 운명까지도 내다보고 있을 터이다

내가 외출을 할 때
사과는 집에 남는다
나는 외출했다가 집 근처 사거리에서
어느 날 갑자기 차에 치여 죽을지도 모른다
사과는
벌써 그것을 알고 있음에 틀림없다

사과는 아마 내가 죽고 나서도 한동안은
책상 위의 같은 장소에 남아 있겠지

하지만
사과는 어느 날 홀연히 사리지리라
흔적도 없이 사라지리라
사과는
내 최후를 끝까지 지켜보고서

비

비
그것은 나를 괴롭히기 위해 내리는 것이 아니다
그것은 나를 위로하기 위해 내리는 것도 아니다

비
벵골만*에서부터 중국 대륙을 넘어 까마득히 이어진 비구름이
지금 내 방 창문을 적신다
몇천 년 몇만 년
아니, 아직 인간조차 없었던 시대에도 이 대지에
비는 분명 지금처럼 내리고 있었으리라

비
그렇지만 내가 그 소리를 듣고 마음이 평안해질 때는
분명 내가 좋은 상태였으리라
나는
지금 나와는 별 상관없이 빗소리에 녹아든다

비

내가 태어나기 전
고통도 위로도 필요치 않고
내가 없는 대지의
나무들이 빗소리를 듣고 있었듯이

나 또한
빗속에서
듣고 있다
그 소리를

〈옮긴이 주〉
* 벵골만(Bengal Bay): 인도양 북동부의 큰 만. 북쪽은 방글라데시, 동
　쪽은 미얀마와 인도의 안다만·니코바르 제도, 서쪽은 인도에 둘러싸
　여 있다.

개들을 위한 진혼곡
— 1999년 늦여름

컹컹컹 개가 짖는다
깊은 밤
어느 집 쇠사슬에 묶인 개가
그러면
먼 곳에서 똑같이 개 짖는 소리가 들린다
다시 이쪽에 있는 개가 짖는다
그러면
그에 화답하여 똑같이 짖는 개가 어디엔가 있다

깊은 밤
멀리 떨어져서
쇠사슬에 묶인 채 서로를 부르는 듯한 개 짖는 소리를
나는 가만히 듣고 있다
먼 곳의 개 짖는 소리는
차츰 뜨문뜨문 들려왔다
그래도 이쪽의 개는 귀를 쫑긋 세우고 있는 듯
힘껏 짖는다
마지막에는 비명이 되고
흐느낌이 되어 드디어 사라졌다

깊은 어둠 속에서
머리를 무릎에 처박고
그들은 어떤 꿈을 꾸고 있을까
이제 아무 소리도 들리지 않는다
가끔 불어오는 바람소리 외에는

나는 바람소리를 들으며
그들의 행운을 빈다
내가 할 수 있는 일은
지금은 단지 그뿐이다

비가 나를 실어 간다

1999년 11월 며칠 오전 3시
고치의 엘리자베스 아파트 주변은 고요하다
지금 막 비가 내리기 시작했다
세찬 빗줄기에 주위가 깜깜하다
비는 여름철 소나기처럼 지붕을 두드린다
늦은 계절의 저기압이 열도의 북쪽을 지나고 있다
나는 그 소리를 듣고 있다
금빛 액체가 든 유리잔을 앞에 두고

　비는 왜 내리나?
　누구를 위해?
　무엇을 위해?

　나는 깨어 있다
　누구를 위해?
　무엇을 위해?

　비는 이동해 간다
　아니다 이동하는 건 집들과 내가 아닌가!

작은 반딧불이처럼 깜빡이는 나를
비가 방마다 실어 간다

아아, 나는 이제 아무래도 상관없다
나는 불현듯 생각한다
　　낮에 본 단풍나무 아래 얕은 여울의
　　　커다란 은어 떼를
　　　　오랜 시간 계속되는 산란의 격투를

그것은 무엇이었나?
그것을 보던 남자는 이제 없다
커다란 은어 떼는 어디로 갔을까?

비가 내린다
비는 도처에서 내리고 있다
비는 자유롭다
경기가 호황이거나 불황이거나
그곳이 어느 궁전이거나 쓰러져가는 집이거나
베를렌*이라는 남자가 옥중에 있거나 말거나

비는
아랑곳하지 않고 내린다

백 년 후의 오늘은
　맑게 갠 하늘일까 비 내리는 하늘일까?
나는 그때 더는 존재하지 않을 테니
나와는 상관없다

빗소리를 듣고 있노라면
나는 조금 누그러진다
유리잔에 남아 있는 액체를 다 마셔버리고
머리맡의 불을 끈다

〈옮긴이 주〉

* 베를렌(Paul Verlaine, 1844~1896): 19세기 프랑스 상징파 시인. 근대의 우수와 권태, 경건한 기도 등을 정감이 풍부하게 표현했으며, 낭만파나 고답파에서 탈피하여 음악성과 암시적인 표현 등 다채로운 기교를 구사하여 상징파의 시조라 불린다. 음주 · 동성애 · 이혼 · 빈곤 · 병고 등 강한 감정에 약한 의지를 가지고 온갖 덕과 부도덕이 교차된 생애를 보냈으나 그 영육의 부조화와 갈등에 고민하면서 이를 기조로 한 극히 우아한 형식과 미묘한 시풍의 명작을 남긴 독특한 시인이었다. 대표작으로 시집 『화려한 향연』 『예지』 『말 없는 연가』 등이 있다.

자그마한 구름

얇게
솜을 잡아 늘여서
잘게 찢어 띄운 듯한 구름
하얀 구름

이제 갓 태어난 듯한
가냘픈 구름
주위에는
좀 더 커다란 구름도 있는데
조금 떨어져서
절대로 붙지 않으려 애쓰며

모두 한 방향으로 흘러간다
커다란 구름은
가족이나 촌락 집단처럼
거무스름하고 복슬복슬하고 힘차 보이고
자그마한 구름은
홀로 빛을 받아 눈부신 듯
하얗고 희미하게

사라졌다가 나타났다가

잠깐 한눈판 사이에
자그마한 구름은 이제 보이지 않는다
커다란 구름 덩어리에 휩쓸렸을까?
아니다
태양빛에 달궈져 사라졌다
원래 수증기였을 뿐

하얗고 자그마한 구름은
사라지고 파란 하늘로 바뀌었다
자그마했지만
구름의 온 생애를 살아내고서

(2000년 이른 봄, 고치의 가가미가와 강가에서)

호응하는 것

해 질 녘
나무들의 밑동에서부터 땅거미가 기어 나온다
이내 도처의 처마 끝에서도
땅거미는 호응하며 일제히 쏟아져 나온다

서쪽 하늘은 지는 저녁노을로 빛나고
새들은 소란스러운데
동쪽하늘은 순식간에 쥐죽은 듯 고요해지고
이윽고 어둠이 커다란 날개처럼 올라온다

뱃사람 신드바드*가 또 다시 항해를
결심한 때는
이런 순간이지 않았을까?

〈옮긴이 주〉
* 신드바드(Sindbad): 『아라비안나이트』의 제1삽화에 등장하는 주인공.
  젊은 선원으로 일곱 번의 항해와 진기한 모험 끝에 부자가 된다. 신드
  바드는 아랍어로 '뱃사공'이라는 뜻이다.

탄생

하얀 종이를
펼친 사람은
내가
아니다

내가 하얀 종이를 펼치기 전에
하얀 종이는
거기에 있었다
내
앞에

내 앞에 아무것도 없다고
여긴 건
착각이었다
자만이었다

거기에는
빽빽이 들어차 있었다
수많은 것들이

아무것도 없는
쪽은 나였다
결국
세상이 나를 불러들였던 것이다

아무것도 없는
나를

보고 3

낙숫물 소리 속에 나는 없었다
나는 어디에도 없었다
물론 내 방에도

빗속에서 검은 코트를 입고 서 있던 남자
그대가 본 그것은
아마 나의 유령이었으리라

비가 내린다
여기에도 저기에도
그러나 나는 없다
여기에도 저기에도

나는 도대체 어디에 있을까
저 낮게 드리운 구름의 저편일까
어쩌면 그럴지도 모른다
그러나 거기를 찾아봐도 헛수고이리라

나는 없다

그러나 나는 있다
보라, 지금 당신 눈앞을

주의 깊게 잘 살펴보라
저 잔가지 끝에 머문 새
저것이 나다
나는 결코 유령이 아니다

나는 어디에도 없다
그러나 부재하는 나는 어디에나 있다
어디에나 도처에 있다

그대는
나를 보고 있음에도 알아채지 못할 뿐이다
그대의 방 창문을 적시는 비
창으로 보이는 풍경
그게 모두
나다

보고 4

현실은 어디에 있는가?
현실은 지금 그대가 있는 곳
그대의 발밑
발밑의 무한한 나락에

그대가 안주하는 곳
판자 바닥을 한 장 떼어내 보라
거기에 무엇이 있는가?
눈을 가리지 마라
그대가 지금껏 본 적 없는 것
그대가 가장 두려워했던 것
그대가 비명을 지르며 달아났던 곳
그곳이
그곳이야말로 바로 그대 현실의 장소다

두려워하지 마라
그대가 그대의 것이라 부를 수 있는 곳은
거기밖에 없다
달아나지 마라

달아나서 어디를 가도
달리 그대가 있을 곳은 없다

아비규환의 소용돌이 속으로
그래 거기다
활활 타오르는 불꽃 속으로
그래 거기다
거기 말고 그대가 있을 곳은 어디에도 없다
그대가 그대이고
그대 자신으로 살아가고자 한다면
거기서 활활 타오르는 불꽃으로
남김없이 불태우는 방법 말고는 없다

현실은 모든 것의 시작
그대가 무언가를 이루고
그대가 그야말로 자신의 것이라 부를 만한 것을
손에 넣을 만한 곳도
여기 말고는 없다

두려워하지 마라
도망치지 마라
그대는 이제 막
그대 자신에게 눈뜨지 않았는가

보고 6(사다리 위의 하늘)

사다리 위 하늘에
걸린 구름 한 조각

구름이 움직이는 통에
사다리는 몹시 불안하다

스러져가는 구름
그러나 구름은 스러지지는 않는다
텅 빈 하늘에
또 다른 구름이 나타난다

구름이
사다리 끝을 스칠 때
사다리는 약간 기울어져 보인다
가느다란 금속제 사다리는
부들부들 떨고 있다

나는 올라가야 한다
그러나 오르지 못한다

그저 서 있을 뿐이다

사다리의 역할은 무엇일까?

구름은?

하늘은
사다리나 구름, 나와는 관계없이
그저 펼쳐져 있다
태곳적 모습 그대로

　지상에서 어떤 드라마가 펼쳐질까

그 침묵이 두렵다!

달이여

문을 열고 밖으로 나가보았다
죽 늘어선 어두운 건물 위로 휘영청 빛나는 달이 있었다
사람들 모두 곤히 잠들었을지라도
혹은
어느 가게에서 소란을 피우고 있을지라도
달은
성실히 하늘을 건너간다
누구와도 상관없이
아주 먼 옛날부터
지상의 무엇과도 상관없이

나는 줄곧 달을 보고 있다가
느닷없이 춤이 추고 싶어졌다
나는 내 그림자와 서로 장난치듯 춤을 췄다
전봇대도 달을 보고 있는 모양이지만
전봇대는 나를 비웃기라도 하듯 춤추지 않았다

달은
서쪽 하늘로 조금 기울었다

달은 약간 작아져 상당히 멀리 보였다

달은 원래 나와 아무런 상관도 없다는
사실을
나는 불현듯 알아채고
깜짝 놀라
처음으로 달의 얼굴을 바라보았다
달의 얼굴은 지상이 아니라
드넓은 하늘의 아득히 먼 곳을 바라보고 있었다

나는
내 얼굴이 어떨지
갑자기 두려워져서
서둘러 집으로 들어가 문을 닫았다

드라마
— 고故 마쓰다 가쓰유키*에게

너른 모래밭과 강의 수면에 드문드문 새들이 보인다
강 위로 흰색의 긴 다리가 가로지르고
그 너머로 푸른 바다가 꿈처럼 펼쳐져 있다
나는 오늘
이 제방에 왔다
다리 저편에서 차 한 대가 나타난다
이쪽에서도 한 대
차는 유유히 다리를 건너 사라진다
천 년의 시간 중 눈 깜짝할 사이
차가 나타났다가 이내 사라진다

저물어가는 오후의 백금 같은 태양
차가운 바람
사람의 그림자는 어디에도 보이지 않는다
관객은 온종일 나 하나
니요도가와 강* 하구의
천 년의 시간 중 눈 깜짝할 순간의
드라마

나는 일어선다
나는 떠나기 전에 한껏 수면의 바람을 들이키고
자세를 고쳐 앉아
정중히 예를 갖춘다
그리고 힘껏 박수를 친다

〈저자 주〉
* 마쓰다 가쓰유키(松田克行):『후네(舟)』동인. 만년에 시코쿠를 죽기
  전 마지막 땅이라며 방문해왔다.

〈옮긴이 주〉
* 니요도가와(仁淀川) 강: 에히메현(愛媛県)과 고치현(高知県)을 흐르는
  1급수 하천.

사는 법

비가 내린다
애도하기 위한 비가 아니고
해갈을 위한 비도 아니며
식물을 위한 비도 아니다
오오, 물론
잘난 체하는 인류를
위한 비도 아니다
비는 단지 비 자신을 위해
다른 어떤 이유도 없이 그냥 내릴 뿐이다

나는
어젯밤에 꿈을 꾸었다
먼 데서 화재가 났는데
불은 거센 바람에 휩쓸리며 요동치다가
순식간에 바람길에 위치한 마을 전체를 뒤덮었다
주유소가 폭발하기라도 한 걸까
여기저기서 새로운 화염이 솟아올라
순식간에
도저히 손댈 수 없을 지경에 이르렀다

어떤 꿈이었는지는 확실히 기억나지 않는다
하지만 진한 슬픔만은 남아 있다

오늘 2005년 2월 7일
76번째 생일을 맞았다
도쿄도 고가네이시 히가시초* 3번지
새집의 창문 너머로
조금 떨어진 곳에 키 큰 느티나무가 보인다
생일이라고는 해도
나는 내가 언제 어디서 태어났는지 모른다
내가 왜 76세인지
왜 지금 여기에 있는지
그 이유를 전혀 모른다

왜 그런지
나는 모른다
그저 내리는 비처럼
한동안 여기 이렇게 있을 뿐이다

〈옮긴이 주〉
* 도쿄도 고가네이시 히가시초(東京都 小金井市 東町): 도쿄도의 중앙
  부분에 위치하는 도시.

눈이 팔랑팔랑 내린다

눈이 팔랑팔랑 내린다
왜 그런지
나는 모른다
하지만 나는 보고 있다
눈이 내리는 모습을

눈이 팔랑팔랑 내린다
눈을 보고 있는 나는 아랑곳하지 않고
그저 내린다
그 사실을 나는 안다
하지만 나는
눈과 하나가 되려 한다
눈에게는 아무 상관없을 테지만
나는 나를 잊고서

눈이 팔랑팔랑 내린다
어쩌면
좋은 일이다
어쩌면 용서받는 일이다

눈은 매화 꽃잎 위에 떨어져
매화꽃을 놀래주고 있는지도 모른다
혹은 도랑에 떨어져
금세 사라져버릴지도 모른다
하지만 그것은 눈의 책임이 아니다
눈은 그저 눈이고
유쾌하게 춤출 뿐이다
  (미안해!)
사과를 하는 걸까? 아닐까?
모르겠다

나는 깨우친다 혹은 깨닫는다

지금 비가 내리고 있다
하지만 그것은 내 의지가 아니다
나와는 아무런 관련이 없다
나는 그것을 거스르지 못한다

내리는 비에 대해 내가 할 수 있는 일은
그저 성실히 대하는 것뿐이다
나는 자신을 내려놓는다
그리고 나는 자신을 발견한다

내가 무언가를 보고
무언가를 깨우치는 행위도
내 의지가 아니다
무언가에 이끌려 볼 뿐이다
가령 지금 거기에
당신이 있다는 사실도

나는 깨우친다
혹은 깨닫는다

오랜 시간이 흐른 뒤 나는
그제야 비로소 눈 뜬 사람처럼

나는 한 발 내딛는다
내리는 비를 향해
당신이 있는 곳을 향해

그것은 내 선택이 아니다
초대받은 쪽은 나다
그러니
나에게는 한 점의 그늘도 있어서는 안 된다

한 발 내딛는다라는 것은
낡은 나를 벗어던지고
새로운 내가 태어난다는 뜻이다

낙엽

길을 가는데 낙엽이 떨어져 있었다
낙엽은 조금 수척한 모습으로
나를 기다리고 있는 듯했다

그러나
내가 다가가자 달아났다
대굴대굴 굴러서

그러나
낙엽은 달아난 게 아니다
그저 바람이 불었을 뿐이다

나뭇잎이 또 한 장
떨어져 내린다
천사 같은 그 잎을
이번에는 내가 피해가야 한다

5월 혹은 '우수에 찬 살수기*'

인적 없는 산길을 걷는다
5월의 햇살은 눈부시고 신록은 빛난다
인적 없는 조용한 공기를 이따금 작은 새들의 지저귐
이 흔들어놓는다
문득
아주 오래 전에 읽은 유럽 시인의 시 한 구절이 떠오른다
'우수에 찬 살수기……'
제2차 세계대전 직후 마르세유*에서 외인부대*에 섞
여 사라진 남자
'우수에 찬 살수기'는 무엇인가?
5월의 빛나는 햇살인가

　태어나는 것
　사멸하는 것

태어남은 기쁨인가 아니면 비극의 탄생인가
어느 쪽이든 간에 태어나는 존재는
탄생의 순간에 분명 죽음의 낙인이 찍힌다
사람은 그것을 짊어지고 살아야 한다

깊은 밤
나는 또 한 번 떠올린다 그 대낮의 광경을
풀숲에는 색색의 꽃들이 피어 있었다
나비, 벌, 개미, 송충이가 바삐 움직였다
'우수에 찬 살수기'
풀숲에 쭈그리고 앉은 내 모습이 보였다
검은 형태로 그 광경에 딱 달라붙어 움직이지 않았다
악몽처럼
하지만 그 사람은 의심할 여지없이 나였다

마르세유에서 동남아시아의 지옥 전선으로 향한 시인
의 이름은 잊었다
'우수에 찬 살수기'
50년 뒤 내 뇌리에 이 한 구절을 남기고
하지만 당신에게도
다시없이 좋은 짧은 한 때였으리라 생각하고 싶다

5월의 반짝이는 어린잎 사이를

제비여 날아라!
죽음의 탄환을 부리에 물고서

〈옮긴이 주〉

* 살수기(撒水器): 물을 흩어서 뿌리는 데에 사용하는 기구.
* 마르세유(Marseille): 프랑스 프로방스 지방에 위치한 지중해를 바라보는 항만도시.
* 외인부대: 프랑스 외인부대. 프랑스 육군 소속의 외국인 지원병으로 구성된 정규 부대이다. 1831년 설립된 이후 현재까지 존속하고 있다.

처음 본 하늘

밥을 짓는다
빨래를 한다
바지랑대를 닦고 빨래를 넌다
하늘은 맑고
느티나무 숲은 쥐 죽은 듯 고요하다

나는
잠시 살아 있다는 기쁨에 잠긴다
왜냐고?
그야 이런 날이 언제까지나 계속되지 않으리라는 사실을
알기 때문이다

이런 날이
언제까지나 계속되지 않으리라는 사실을

나는
저 멀리 줄지어 선 건물들을
그리고 그 너머의 어슴푸레한 하늘을
지금 처음인 양 바라보고 있다

기억 속의 달

기억 속의 달은
마치 물웅덩이에 떠 있는 달과 같다

한쪽 발끝을 담그자
달은 느적느적 물러지고
뭉그러져서
산산이 흩어졌다

잠시 후 돌아보니
물웅덩이도 달도
다시 원래대로 돌아가 있다
아아, 마치 내 기억 같다

이를테면 내가 시코쿠에 살았을 때
내가 만난
생전의 마쓰다 가쓰유키의 얼굴
나가시마 신지*의 얼굴 같다

그것은

수줍게
일그러져서
살포시 웃고 있다

to be or not to be

아침에 새가 울었다
오후부터 조금씩 비가 내리고 있어서
나가보니
서쪽 하늘이 어둡고 무겁다
억수 같이 내릴 모양이지만
그것도 나쁘진 않다

*

계획은 세우지 않는다
사람은 언제 어떻게 될지 모른다
내게는 날마다 온갖 일들이 일어나서
시간공포증에 걸린 사람처럼 자주 시계를 보지만
예정된 일은
홀연히 사라지기도 한다

*

만약 이곳이

아무도 없는 절해고도라면
나는 무슨 생각을 할까
로빈슨 크루소는 가장 먼저 럼주를 마셨다
그는 시계 따위는 보지도 않았으리라

당신(웃고 있는 당신)이라면
어찌할 텐가?
먼저 시계를 볼 텐가

           *

신발을 신으면서 생각한다
──우산을 가져갈까
──나가야 하나
──나가지 말아야 하나

나는 좌우간
신발을 신었으니 나가기로 한다
신발을 신은 이상 나가야 한다

──우산은 어쩌지
　──가지고 나가자 그 옛날 편의대*도 우산을 갖고 있
었다지

　　　　　*

　나가는 나를 누군가가
　보고 있을까?
　──보는 사람은 아무도 없다
　있다면 그것은 내 자신이다
　하지만 그마저
　걷기 시작하면 금세 사라진다
　이제는 걷고 있는 네가 있을 뿐이다

〈옮긴이 주〉
* to be or not to be: 셰익스피어의 『햄릿』에 나오는 대사.
* 편의대(便衣隊): 편의는 평상복이라는 뜻으로, 평상복을 착용하고 각
　종 모략·선전·파괴·암살·납치·습격 등의 게릴라 전법으로 정규
　군 작전을 도왔던 비정규군 부대를 일컫는다. 일본에서는 주로 중일
　전쟁 당시 중국에서 활동하던 중국인 편의대를 가리킨다.

모자와 나

모자가 장식이라는
사실을 나는 깨달았다

목욕을 마친 뒤 머리에 모자를 쓰고
거울 앞에 서 본다

그러자 이번에는
모자가 주인공이고 내 몸이 장식이라는
사실을 깨달았다

　　(이게 어찌된 일인가?
　　때는 이미 늦었다)

모자는 내 몸을 이끌고
의기양양하고
여유롭게 방 안을 거닌다

길을 걸을 때

길을 걸을 때
나는
풍경의 변화를 즐긴다
저 모퉁이를 돌면
과연 무엇이 나타날까
그런 기대로
내 가슴은 부풀어 오른다

모퉁이를 돌았더니
거기에
여느 때와 다름없이
늘 있던 집이 있다면
조금은 안심하겠지만
그러나 실망하리라

그런데 갑자기
거기에
커다란 바다가 나타나거나
거대한 바위산이 나타나기라도 한다면

나는
깜짝 놀라 숨도 제대로 못 쉬고
그 자리에 얼어붙겠지
그리고
내 지금까지의 긴 인생은
한순간에 무너지리라

*

나는
오늘도 늘 다니던
길을 걸어서 담배를 사러 간다
그러면
늘 보던 담이 둘러진 그 집의
그 모퉁이가
서서히 다가온다

깊은 밤 국도변 가게에서

사람이여
사람은 혼자만 편히 자면 안 된다

사람은 모두가
편히 자야 한다

깊은 밤에 오토바이를 타고 달리는 젊은이도
실직한 남자도
모두 편안히 자야 한다

나는 깊은 밤에 밝은 가게에서
햄버거를 먹으며
손가락으로 톡톡 테이블을 두드린다

가게 앞은 O번 국도
자동차들은 끊임없이 달린다

손님은 나 혼자이고
카운터에는 젊은이가 한 명

보는 이 하나 없는 낡은 텔레비전에
부패한 정치인의 얼굴이 나온다

시간이 흐른다
요란한 자동차 소리에 맞춰
손가락으로 톡톡 테이블을 두드린다

여긴 어디인가 땅끝인가
깊은 어둠의 바닥에서
나 홀로 햄버거를 먹는다

여기서는 아무도 잠들지 않는다
잠드는 사람이 없다
마치 한 줄기 안테나처럼

　사람은 혼자만 자면 안 된다

　사람은 모두가
　편히 자야 한다

천사의 밤

이슥한 밤에 한 소년이 거리를 걷는다

어느 시대에나 있는 일이다
1945년 여름
미군이 들이닥치던 밤 나도 일본의 마을을 걸었다
2007년 일본의 북쪽 마을
겨울밤은 영하 10도
소년은 책이 잔뜩 든 가방을 어깨에 메고
코트 깃을 세우고 호주머니에 손을 찔러 넣은 채 걷는다
젊은 경찰이 다가와 소년을 검문한다
나이 든 경찰이 그 모습을 지켜보다가 한 마디 한다

"이제 그 정도면 됐어. 애야 추우니까 조심하렴"

소년은 "고맙습니다"라고 답한다

소년은 걷다가 중얼거린다
"저건 수정의 밤*"
소년의 머릿속에는 가방 속에 든 책

파울 첼란*의 시가 소용돌이치고 있다
저 멀리 화물열차가 달려가는 소리
소년은 그때 문득
시베리아로 유배 간 러시아 작가의 이름을 떠올랐다

소년의 머리는 뜨겁다
깊은 밤의 바닥에서 시는
항상 그렇게 성숙한다

〈옮긴이 주〉
* 수정(水晶)의 밤: 독일어 크리스탈나흐트(Kristallnacht)를 가리킨다.
  1938년 11월 9일 나치 대원들이 독일 전역의 몇 만 개에 이르는 유대
  인 가게를 약탈하고 250여 개 유대교 사원에 방화했던 날이다. 당시
  깨진 유리의 무수한 파편들이 아침 햇살에 수정처럼 빛을 발했다고
  해서 수정의 밤 사건으로 불린다.
* 파울 첼란(Paul Celan, 1920~1970): 루마니아 출생의 유대계 독일어
  시인. 21세 때 나치에 의해 강제수용소로 끌려가 부모를 잃었고 자신
  도 가스실 처형 직전에 가까스로 살아남지만 이후 끔찍한 기억에 고
  통스러워하며 살았다. 종전 후 소련군이 점령해오자 오스트리아 빈으

178

로 피신하여 첫 시집 『유골 항아리에서 나온 모래』를 발표하였고, 파리에 정착하여 프랑스어·러시아어 어학교사 겸 번역가로 일하면서 시인으로 활약했다. 1970년 센 강에 몸을 던져 자살할 때까지 『기이함과 기억』 『말의 울타리』 등 7권의 독일어 시집을 남겼으며, 시집 『양귀비와 기억』에 수록된 「죽음의 푸가」는 현대시의 고전이라 일컬어진다. 사물을 금욕적일 만큼 응축된 시어로 담아냈고 투명하고 순수한 시를 썼다.

신호

'나는 구름 언저리를 걷네'
세계대전 직후에 읽은 시 한 구절이
왠지 요즘 들어
자주 떠오른다

그 당시에 나는 시를 많이 읽었지만
머릿속에 남아 있는 시는 그리 많지 않다
전후 처음으로 서구 현대시를 소개한
한 문학지의 특집에서 접한
이 한 구절만은 신기하게도
요즘 들어
자꾸만 내 머리에 신호를 보내는데
왜일까?

시를 쓴 이는
시를 통해 꼭 전하고 싶은 뭔가가
있었으리라
나는
그것을 해독해야 한다

'나는 구름 언저리를 걷네'
라는
그의 말을

'나는 구름 언저리를 걷네'
라고
내게 던져진 그 말의 의미를

해 질 녘 키가 조금 자란다

해 질 녘 하늘에서 한 줄기 빛이 비친다

아직도 축축한 옥수수 잎마다
지붕마다

전선에 줄지어 앉은 작은 새떼들
모습은 보이지 않지만
멀리서 들려오는 아이들의 목소리가

　　　　　*

해 질 녘 하늘에서 한 줄기 빛이 비친다

먼 산의 키가 훌쩍 자라고
창문 밖으로 먼 산을 바라보는 내 키도
조금 자란 듯하다

창밖을
막 제비 한 마리가 날아갔다

한 줄기 반짝이는
가느다란 빛의 수염을 물고서

아직 졸고 있는 새벽에

폭풍이 지나간 뒤
아직 졸고 있는 새벽을
좋아한다

나무가 쓰러지고
나뭇가지와 잎이 너즈러져 있고
강물은 세차게 흐르고
새들이 지저귀는 소리가 들린다
휘몰아치던 바람도 한풀 꺾이고
태양이 떠오르는 만큼
구름이 조금씩 틈을 벌린다

나는 부르르 몸서리를 치며
눈을 뜬다
나는 아침의 첫물을 다 마셔버린다

그리고
걷기 시작한다
어제의 폭풍 잔해 속을

난생 처음 보는 새로운 풍경을 향해

　빠르게 자라나는 움돋이처럼
　세상은 전속력으로 변해간다
　격렬히 스치고 지나가는 소리
　그것들은 내 뒤에서
　순식간에 검은 한 점으로 수렴하더니
　시야에서 사라져간다

　대신
　나는 내 발밑에
　불쑥불쑥 솟아오르는 땅을
　느낀다

새벽의 빛
그리고 땅
그것이
나를 다시 태어나게 한다
이리저리 반대로 반대로 이리저리

강력한 힘이 나를 끌어당긴다
나는 휘둘려 다니다
내가 무엇이 될지
도무지 모르겠다

불가항력?
맞다 불가항력이다

나는 저항하지 못한다
나는 이제야 겨우 눈을 떴다
깊숙이 공기를 들이마셨다가
공기를 내뱉는다

하늘과
땅 사이에서

가슴이 뛰는 시간의 흐름 속에서

강바닥의 자갈이 햇빛을 반사한다
그 위를 흐르는 물도 햇빛을 반사한다
빛을 굴절시키고 있지만
강바닥이 얕아서 바닥의 흐름도 빠르고
빛은 복잡하고 잘게 부서져
반짝반짝 깜박깜박 눈을 찌른다

잔물결에 이리저리 떠밀려온 나뭇잎들을 보니
문득 내 몸이 이동하는 듯한
착각에 빠진다
바닥의 돌을 보면
흐르는 쪽은 물이라는 것을 안다

물이끼가 조금 낀 돌은
온화한 빛에 싸여 있다
자세히 보니
반투명의 어린 은어가 그 돌을
톡톡 치며 지나간다

신록이 우거진 산골짜기에서
남자는 언제까지고
강가의 바위에 앉아 있다

사랑에 대하여

고치의 사라진 카페 '세잔'을 기억하며

사랑은 닿을 수 있는 대상이 아니다

사랑은 결코 도달할 수 있는 대상이 아니다
왜냐하면
사랑은 당신의 여러 날들 가운데
당신의 극히 작은 몸짓이나 내뱉는 호흡
속에 있기 때문이다
그러나 바로 그 사랑은
참으로 신기하게도 당신 본인조차
알지 못한다
당신은 어느 날 갑자기 당신을 덮쳐온
정체 모를 그 존재에 사로잡혀
그지없는 불안과 놀라움 속에서
몸을 비틀 뿐이다

*

남쪽 지방 고치의 카페
2006년 '세잔'은

삼십여 년의 막을 내렸다
여러 명의 시인과 화가를 세상에 배출한 '세잔'
카페지만 낮부터 취객이 많았다
다미아*와 피아프*의 노랫소리가 낡은 레코드판에서
흐르고
때때로 카운터 안쪽에 늘어선 술병이
산산조각 나며 깨지기도 했다
나는 기억한다 그 가게의
들어가기 몹시 힘들던 화장실 입구에
붙여놓은 외화 포스터를

포스터의 제목은 '아이리스'
사진은
넓은 초원에 나이든 남녀
정열에 빛나는 얼굴과 얼굴
그리고 포스터의 광고 문구는
　"몇 천 개의 언어를 잃고 나서야
　우리는 겨우 사랑에 도달했다"

화장실에서 돌아와
카운터 안의 젊은 여성 시노부*에게
　"저 포스터 글귀가 멋지군"
하고 말했다
시노부는 말없이 웃더니
내 빈 잔에 이국의 럼주를 부어 주었다

2009년 1월
카페 '세잔'의 간판은 없다 시노부도
포스터도 나도 어딘가로 사라졌다
이제 거기에는 아무도 없이
바람만 불고 있겠지
　"몇 천 개의 언어를 잃고 나서야
　우리는 겨우 사랑에 도달했다"
그런데 이 말이 불현듯 되살아난다
　(정말로 그럴까?)
나는 어느 날 시노부에게
　"이 영화를 보고 싶군"
하고 말했다

그러나 실제로는 보지 않았다
말하자면 영화는 영화다
어떤 말도 말은 그저 말일 뿐이다
내 말도
무심결에 입 밖으로 튀어나왔는지 모른다

*

그로부터 5년이 흐른 지금, 시노부 당신은
그때 고민했지
이제는 결혼했을까
아직 혼자일까
나는 그 후 도쿄로 되돌아왔고
지금은 먼 북쪽 땅에 있다

시간이 흘렀다
지금 이 순간에도 시간은 흐르고 있다
시노부 당신은 기억하는가
그때 당신은 내게 물었다

"사랑이 도대체 뭘까요?"
나는
지금 이 순간
창문 밖에 날리는 가랑눈에 사로잡혀 있다
눈은 무희처럼 빙글빙글 돈다
소리도 없이 오른쪽으로 왼쪽으로
위로 아래로 높고 낮게
나는 자꾸자꾸 그 모습에 빨려 들어간다
창밖은 온통 하얗다

"사랑이 도대체 뭘까요?"
나는 아직도 자신 있게 말하지 못한다
그렇지만 문득 사랑은
지금 눈앞에 내리는 눈 속에
이 시간 속에
존재하는 것이 아닐까
하는 생각이 든다

바로 지금 당신의 시간 속에

지금 내 시간 속에
이를테면
당신이 지금 비닐봉지에 쓰레기를 담고 있을 때
내가 넘어져서 살갗이 벗겨진 무릎을 누르고 있을 때
어쩌면 그때
우리 곁에 조용히 있을지도 모른다
우리도 알아차리지 못하는
보이지도 보지도 않는
어쩌면 아아, 그것이
사랑이 아닐까

*

해 질 녘 하얀 가랑눈이 점점 거세진다
뱅글뱅글 춤추는 가랑눈
그것은 내 마음을 사로잡고
　(사랑에 대해서)
무척 당돌할지 모르지만
나는 여기서 이런 말을 떠올린다

194

"나는 태어났다는 은총만으로 충분하다"
로트레아몽*의 말
시노부
이 말은 어려울까?
그러나 지금 내게는
이 말이 참으로 와 닿는다
아주 바쁘게 살았던 사르트르*는 이렇게 말했다
"인간의 삶은 허무한 정열에 지나지 않는다"
그러나 나는 그렇게 생각하지 않는다
내 눈에는 이제 확실하게 보인다
인간의 삶은
  (무언가의 확실한 각인이다)
라고 할 만한 무언가가
이미 내 위에 드리워져 있음을
안다
그 각인은 누구의 손에 의한 것일까
나는 그것을 묻지 않겠다
시시각각 새겨지는 각인
사랑의 불화살은 치열하다

나는 피하지 않겠다
왜냐하면 시노부
그건 바로 내가 살아 있다는 증거일 테니까

　몇 겹의 층을 돌파하여
　더욱 세찬 불화살을 맞으며
　나는 전진하리라
　누구인지도 모르는 존재의 손에
　나 자신을 맡기리라

〈옮긴이 주〉
* 다미아(Damia, 1892~1978): 프랑스의 대표적인 여성 샹송가수. 대
　표곡으로는 〈갈매기〉 〈우울한 일요일〉 등이 있다.
* 에디트 피아프(Édith Piaf, 1915~1963): 프랑스의 대표적인 여성 샹
　송가수. 대표곡으로는 〈장밋빛 인생〉 〈사랑의 찬가〉 〈파담 파담〉 등이
　있다.
* 시노부: 일본 여성의 이름.
* 로트레아몽(Comte de Lautréamont, 1846~1879): 프랑스의 시인.
　무명작가였으나 사후 초현실주의 예술가들로부터 랭보와 함께 근대
　시의 선구자로서 추앙받았다. 산문시집 『말도로르의 노래』 『시: 미래
　의 서적에의 머리말』 등이 있다.
* 사르트르(Jean Paul Sartre, 1905~1960): 프랑스의 사상가이자 작
　가. 실존주의 사상의 대표적인 인물.

한바탕 몰아치는 바람처럼

한바탕 몰아치는 바람처럼
시대를 불어 지나가는 것
나뭇가지나 암석 표면에 달라붙은 기묘한 잔해
바람은 멎지 않는다
멎지 않는 시대의 심층에
시나브로 침전해 가는 것
침전물 같은 것
그곳에 북적거리는 얼굴 얼굴 얼굴
말하지 않는 각양각색 표정의 얼굴 얼굴 얼굴
그 위에도
얇은 베일 같은 것이 덮여
침전물 같은 것은 보이지 않게 되었으나
거기에 투영된 무언가 거대한 존재의 그림자
거대한 새의 날개 같은 존재
불가해한 존재의 그림자

깊은 밤
촛불을 등지고
벽에 비친 그림자를 바라보는 사람이여

반딧불처럼 명멸하는 사람이여
당신은
심야 특급열차를 타고 가는 사람과도 같다
당신이 어디로 가는지
아무도 모른다
열차는 굉음과 함께 지나간다
그 자리에는 아무것도 남지 않는다
하지만 공기의 진동 속에 어렴풋이
무언가가 기록되었음을
당신은 감지했을 것이다
섬광처럼
   불꽃처럼
명멸하는 사람이여
하늘로 날아오르려는 사람이여
그러나 당신은 날아오르지 못한다
몇십 번 몇백 번을 반복해도
당신은
당신을 그만두지 못한다
당신은

땅속 깊이 연결되어 있다
연결되는 것에 의해
요컨대
그 반복 속에서 태어나는 것이 있다
타는 불꽃 속에서
당신 자신조차 모르게
당신은
본 적 없는 것으로 변모한다

다 먹어 치워라
  탄환도 도시도
    오염된 공기도 물도
      광우병에 걸린 소들도

그건 대체 무엇인가, 누구의 것인가?

예전에 텔레비전에서 아니 그보다 훨씬 이전에
너는 네 눈으로 분명히 보았다
포탄에 부서지는 집
유모차며 가구들을
그건 대체 무엇인가, 누구의 것인가?

찢어진 꽃 꺾어진 나무
그건 대체 무엇인가, 누구의 것인가?

부서진 교각을 씻어 내려가는 강물
그건 대체 무엇인가, 누구의 것인가?

개의 사체 위로 부는 바람
그건 대체 무엇인가, 누구의 것인가?

모조리 옮기고 지워버리는 시간
그건 대체 무엇인가, 누구의 것인가?

하늘에 떠 있는 구름

오늘도 아무 일 없었다는 듯 태연하게 흘러가는 구름
그건 대체 무엇인가, 누구의 것인가?

그래도 그대는 살아간다
그댄 대체 무엇인가, 누구의 것인가?

그리고
그대는?
그대는 누구?

『순간과 유희』 1988년

존재, 나는 이를 포에지라 정의한다, 낯선 마을에서, 길 위에서, 나는 들어간다, 그녀의 시간 속으로, 옮겨진다, 여름의 끝자락으로

『일그러진 초상』 1995년

한밤중에, DISTANCE, 소원, 일그러진 초상, 들판, 바람의 줄무늬를 보노라면, 물건들과

『사랑에 대하여』 2012년

철원의 초여름, 스캔들(추문), 머나먼 천사, 커다란 두 공간의 틈새기에서, 고다의 밤, 펼쳐진 책 2, 사과와 나의 관계, 비, 개들을 위한 진혼곡, 비가 나를 실어간다, 자그마한 구름, 호응하는 것, 탄생, 보고 3, 보고 4, 보고 6(사다리 위의 하늘), 달이여, 드라마, 사는 법, 눈이 팔랑팔랑 내린다, 나는 깨우친다 혹은 깨닫는다, 낙엽, 5월 혹은 '우수에 찬 살수기', 처음 본 하늘, 기억 속의 달, to be or not to be, 모자와 나, 길을 걸을 때, 깊은 밤 국도변 가게에서, 천사의 밤, 신호, 해 질 녘 키가 조금 자란다, 아직 졸고 있는 새벽에, 가슴이 뛰는 시간의 흐름 속에서, 사랑에 대하여, 한바탕 몰아치는 바람처럼, 그건 대체 무엇인가, 누구의 것인가?

■ 니시 가즈토모(西一知) 연보

1929년 1세

2월 7일 요코하마(橫浜)에서 아버지 니시 다이스케(西臺助)와 어머니 니시 시즈에(西静恵) 사이에서 장남으로 태어난다. 2세 때까지 요코하마와 도쿄를 옮겨 다니며 산다. 부모님은 모두 일본 고치현(高知県) 다카오카군(高岡郡) 오치초(越知町) 출신이다.

1931년 3세

2월에 여동생 다미코(民子)가 태어난다. 그해 여름 아버지를 따라 온 가족이 지금의 함경남도 원산으로 이주한다. 그 후 아버지가 사업을 시작하면서 강원도 철원으로 옮긴다. 3세부터 5세까지 한반도에서 부모형제와 함께 살기도 하고, 고치현 오치초에 사는 양할머니인 니시 사카에(西榮)에게 혼자만 위탁되어 자라기도 한다.

1935년 7세

고치현 오치초등학교에 입학하기 위해 양할머니가 사는 곳에 혼자 맡겨진다. 초등학교에 입학할 당시부터 이미 책 속의 몽상 세계에 심취한다.

1937년 9세

3학년 초에 강원도 철원초등학교로 전학. 담임인 고지마(児島) 선생님과 어머니에게 세심하게 작문 지도를 받는다.

1938년 10세

8월, 4학년 여름방학 초입에 어머니가 가족을 데리고 돌연 아버지 곁을 떠나고 치현 오치초로 돌아오고, 다시 오치초등학교에 들어간다. 오치초의 하타케야마쇼텐(畠山書店) 서점에서 에드거 앨런 포의 전집과 아라비안나이트, 그리스신화 등 책읽기에 열중한다.

1942년 14세

고치 고등초등학교(高知高等小学校) 1학년을 마친 후 사립 고치 조토(高知城東) 상업학교에 입학. 화가인 노부키요 세이치(信清誠一)가 이 학교의 이사장이었으며, 문학과 예술을 사랑하는 교사들이 다수 재직했다. 그 덕분에 전쟁이 한창임에도 자유로운 분위기 속에서 셰익스피어의 작품을 비롯한 역사와 철학 관련 서적 등에 심취할 수 있었다.

1945년 17세

8월 일본 패전. 8월부터 시를 중심으로 한 교내 문예지 발간에 힘을 기울인다.『도스토옙스키 전집』(요네카와 마사오(米川正夫) 번역) 읽기에 몰두한다.

1946년 18세

교내 문예지『희망』을 발간한다(2호까지). 같은 해『인간』을 비롯한 수많은 문예 종합지들이 경쟁적으로 창간되어 두루 섭렵한다. 하나다 세이키(花田清輝)의 연작평론집『부흥기 정신』이 발간되어 자극을 받는다.

1947년 19세

조토상업고등학교 졸업. 학제 개혁에 따라 신설 중학교의 임시교사로 임용된다. 이 무렵 '전위시(前衛詩)'로 방향을 정한다.

1948년 20세

전위파 시인인 기타조노 가쓰에(北園克衛)를 만나기 위해 처음으로 혼자 도쿄로 떠난다. 고치에 사는 시인이자 화가인 오카와 노부즈미(大川宣純)를 포함한 5인과 함께 전위

시 문학지인 『선인장 섬』을 창간한다(6호까지). 임시 교사
를 그만 두고 행상으로 생활한다. 암시장이 활개 치던 시
절이라 산요선(山陽線)과 도카이도선(東海道線)이 지나는
역 주변의 고서점을 찾아다니며 책을 구해 읽는다.

1950년 22세

정식 교사가 되기 위해 고치 대학교 임시 교사 양성학과에
입학. 음악과 마르크스 경제학에 몰두한다. 졸업 후 상경
할 때까지 고치에서 교단에 선다.

1952년 24세

2월에 동생 다미코의 동창인 사카모토 나오이(坂本直位)
와 결혼한다.

시문학지 『LE NOIR』 창간(2호까지). 당시 젊은 시인들의
등용문이었던 대표적인 시문학지 『시가쿠(詩學)』에 투고하
여 작품이 게재된다. 호세이(法政)대학 문학부 사학과(서
양사)에 입학하여 이후 5년간 서양사를 통신교육으로 이
수한 후 졸업한다.

1954년 26세

니시 다쿠(西卓)란 필명으로 첫 시집 『물의 치장』(산카쿠키
샤(三角旗社) 출판사) 출간. 시문학지 『조(像)』 창간(8호까
지).

1955년 27세

기타조노 가쓰에의 『바우(VOU)』, 짓코쿠 오사무(十国修),
기사라기 신(衣更着信) 등이 창간한 시문학지 『시켄큐(詩
研究)』에 참가한다. 장남 아키히로(晃弘)가 태어난다.

1956년 28세

시집 『커다란 돔』(바우클럽[VOU CLUB] 출판사) 출간.

1958년 30세

시집 『말라버린 씨앗』(고쿠분샤(国文社) 출판사) 출간.

8월에 교사 생활을 그만 두고 상경. 『VOU』를 탈퇴하고 사와무라 미쓰히로(澤村光博) 등이 활동하던 시문학지 『소조(想像)』에 참가. 사와무라 미쓰히로와 시미즈 도시히코(清水俊彦) 등과 함께 '에스프리회'(월 1회 모임)를 시작한다.

1959년 31세

도쿄의 간다(神田) 진보초(神保町)에 있는 시사창작사(時事創作社)에 취직. 이후 몇 년 동안 시나 예술과 동떨어진 날들을 보낸다. 기독교 서적 전문 유아이쇼보(友愛書房) 출판사에서 출간된 서적을 읽는 데 열중한다.

1961년 33세

아내 나오이, 장남 아키히로와 상경하여 시모샤쿠지이(下石神井)로 이사한다. 호야(保谷)에 거주하는 다무라 류이치(田村隆一)와 교류. 분린쇼보(文林書房) 출판사에 취직(처음으로 단행본을 편집, 시사창작사와 겸직한다).

1962년 34세

작품집 『울림 있는 것』(분린쇼보 출판사) 출간. 필명 니시 다쿠를 버리고 니시 가즈토모로 활동한다.

쇼신샤(昭森社) 출판사의 모리야 히토시(森谷均)와 친밀하게 지낸다. 이후 몇 년간 쇼신샤 출판사의 동거인이 된다. 구로다 사부로(黒田三郎), 미요시 도요이치로(三好豊一郎), 야마기시 가이시(山岸外史), 가마치 간이치(蒲池歓一) 등 여러 선배들에게서 많은 가르침을 받는다.

1964년 36세

기즈 도요타로(木津豊太郎), 모리하라 도모코(森原智子)와 함께 동인 시문학지 『겐손(現存)』을 쇼신샤 출판사에서 발간(8호까지). 월간문학지 『혼노데초(本の手帖)』(쇼신샤 출판사 간행)의 교정을 본다. 이후 출판과 작가의 기본을 쇼신샤 출판사에서 체득한다.

1967년 39세

오기쿠보(荻窪)로 이사한다. 니시 가즈토모 시론집『상상력과 감각의 세계』(쇼신샤 출판사) 출간.

1968년 40세

시집『무엇이 우리의 영혼을 타락시키나』(쇼신샤 출판사) 출간. 고치에서 판목 목판 화가인 히와자키 다카오(日和崎尊夫)가 상경하여 교류한다. 사와무라 미쓰히로가 제창한 '언어의 모임'(월 1회 모임)에 참가하여 월간 시문학지『시토시소(詩と思想)』의 기획과 창간에 참여한다. 1970년대에 시마오카 신(嶋岡晨)과 동인들이 만든 시문학지『바쿠(獏)』의 복간에 참가. 대여섯 종류의 기업 홍보지를 기획하고 창간한다.

1969년 41세

시 세계에 대한 절망감이 깊어져 시 활동은 적은 시기였다. 시문학지『시토시소』에 시집 평을 쓰고 자신이 편집한 홍보지『커피공화국』에 100회 연재한 '현대시 안내' 등의 문필 활동을 한다.

1973년 45세

신주쿠(新宿)에 있는 하이쓰 하세가와 아파트로 이사.

1975년 47세

계간 동인 시문학지『후네』(리얼리티회) 창간.
추세키샤(沖積舍) 출판사의 오키야마 다카히사(沖山隆久)와 교류를 시작한다.

1976년 48세

시화집『혼례』(그림 히와자키 다카오, 추세키샤 출판사)를 출간.

1978년 50세

시집 『꿈의 조각』(추세키샤 출판사)을 출간.

1980년 52세

시집 『리얼리티 총서』, 시론집 『리얼리티 선집』의 간행을 시작한다.

1980년대~1990년대, 일본현대시인회, 일본시인클럽 등 중앙 시단의 활동 권유를 모두 거절하고 '리얼리티회'의 『후네』에만 집중한다.

1988년 60세

시집 『순간과 유희』를 리얼리티 총서 24집으로 출간.

1990년 62세

초여름에 고치로 귀향. '리얼리티회'와 『후네』는 도쿄에서 해온 그대로 고치에서 진행한다.

1995년 67세

시집 『일그러진 초상』을 리얼리티 총서 33집으로 출간.

1998년 70세

고치시 미나미모토마치(南元町)에 있는 아파트 '엘리자베스장'으로 이사.

1999년 71세

『니시 가즈토모 시 전집』(추세키샤 출판사) 출간.

2000년 72세

4월에 이와테현(岩手県) 다키자와무라(滝沢村)에 니시 가즈토모의 시 제목을 가게 이름으로 붙인 '우리들의 이유(점주: 오쓰보 레미코[大坪れみ子] 시인)' 카페가 문을 연다. 니시 가즈토모는 멀리 고치에서 자주 방문한다. 고치에서는 화랑 '별들의 언덕 아트 빌리지'(화랑주인: 히라오

카 노조무[平岡望]), 카페 '세잔'에서 시인, 화가들과 교류
한다. 8월에 『후네』100호를 발간.

2001년 73세

1월 카페 '우리들의 이유'에서 주로 시와 예술을 소개하는
계간 문화정보지 『ＣＨａＧ』가 창간된다. 이후 '우리들의
이유'에서 열리는 정기적인 독서회와 시 합평회 등에 멀리
고치에서 참가한다.

2002년 74세

언더그라운드 인터뷰 테이프 '니시 가즈토모 시론 대화'를
카페 '우리들의 이유'에서 배부한다(제4권까지).

2003년 75세

5월 4일 어머니 니시 시즈에 별세. 7월부터 9월까지 고치
신문사에 『시의 발견』을 매일 연재. 11월에 『시의 발견』(고
치 신문사) 출간.

2005년 77세

3월에 다시 고치를 떠나 도쿄 히가시코가네이(東小金井)
로 이사. 8월에는 이와테 현 모리오카(盛岡)의 재즈 카페
'조니'에서, 10월에는 하나마키(花巻) 도와초(東和町)의
'요로즈 테쓰고로(萬鉄五郎) 기념미술관 핫초도조(八丁土
蔵)'에서 '니시 가즈토모 시 낭독 라이브' 개최.

2006년 78세

11월 '요로즈 테쓰고로 기념미술관 핫초도조'에서 '니시 가
즈토모 시의 낭독과 토크 토론회' 개최.
규슈 미야자키현(宮崎県) 노베오카시(延岡市)에서 시 강연
을 한다.

2007년 79세

8월 시와 시론 잡지 『새로운 천사를 위하여…』(오쓰보 레

미코 발행)가 창간되어 창간 동인이 된다.

10월 오쓰보 레미코와 재혼.

2008년 80세

한국의 시문학지 『시향(詩向)』에 「체험적 일본 모더니즘 시에 대한 사견」의 연재를 시작한다(연재 도중에 별세하여 연재는 10회로 종료).

12월 도쿄 히가시코가네이를 떠나 이와테현 다키자와무라(滝沢村)의 카페 '우리들의 이유' 안쪽 방으로 이사(현재의 니시 가즈토모 기념자료관).

2009년 81세

1월 '우리들의 이유'에서 니시 가즈토모 시낭독 라이브 개최.

2010년 82세

1월부터 쉽게 피로해졌고 2월부터는 누워 지내는 시간이 많아진다. 5월 4일 간암으로 별세. 편집 중이었던 『후네』 139호는 오쓰보 레미코가 완성해서 발행했으며 그 뒤로도 계속해서 발행을 이어가고 있다.

* * * * *

7월 카페 '우리들의 이유'에서 니시 가즈토모를 추모하는 '이와테 산록(岩手 山麓) 시 낭송 페스티발'이 열렸다.

2011년

5월 4일 기일을 맞아 카페 '우리들의 이유'에서 니시 가즈토모를 추모하는 '이와테 산록 시 낭송회' 개최.

2012년

5월 임종을 맞이했던 장소인 카페 '우리들의 이유'의 안쪽

방을 '니시 가즈토모 기념 자료관'으로 꾸며서 공개.

6월에는 『니시 가즈토모 시와 시론집』을 묶어서, 시집 『사랑에 대하여』, 시론집 『시에 대한 단편』(편집공방 우리들의 이유) 출간.

2013년

5월 4일 찻집 '우리들의 이유'에서 '니시 가즈토모를 추모하는 시 낭송회' 개최.

8월에는 『니시 가즈토모의 시와 생애』(기념 자료관 정보지 제1호)를 니시 가즈토모 기념관에서 발행.

2014년

5월 4일 찻집 '우리들의 이유'에서 '니시 가즈토모를 추모하는 시 낭독회' 개최.

8월 『니시 가즈토모의 시와 생애』(기념 자료관 정보지 제2호)를 니시 가즈토모 기념관에서 발행.

이와테현 예술제에서 오쓰보 레미코가 '니시 가즈토모를 말하다'라는 주제로 강연.

2015년

도서출판 황금알에서 『니시 가즈토모 시론집』과 『니시 가즈토모 시집』(한성례 역) 2권이 한국어로 번역 출간.

* 이 연보의 1999년까지는 『니시 가즈토모 시 전집』 출간을 위해 본인이 직접 쓴 연보를 참고로 했으며, 그 이후는 니시 가즈토모 시인이 타계한 후 오쓰보 레미코 시인이 작성했다.

아웃사이더를 자처한 초현실주의 시인

한성례

니시 가즈토모의 시는 표현은 쉽고 존재감은 뚜렷하다. 시인은 누구나 읽을 수 있는 쉬운 표현에 공을 들여 시를 썼다. 이는 시인 스스로 시어의 뜻을 분명하게 이해하고 속임수나 애매한 표현을 없애기 위한 노력의 결과였다. 이러한 수련은 시인 자신의 감성과 의식, 사고를 녹슬지 않게 하고 눈을 맑게 해준다고 여겼다.

니시 가즈토모는 시란 전달이 아니라 존재를 목적으로 하며, 전달은 부수적 요소라고 했다. 시의 목적을 '존재'라고 말할 수 있는 이유는 시에는 보편성과 가치가 내재되어 있는 까닭이다. 니시 가즈토모 시인은 이러한 점을 염두에 두고 시는 1차 산업이라고 보았다. 어떤 과정을 거쳐도 왜곡되거나 과장되지 않는 본래의 가치가 시에는 있다는 뜻이다. 그러므로 시인이란 시인 안에 내재하여 있는 이 같은 숙명에서 결코 벗어나지 못하며, 그것은 기교만으로는 결코 만들어지지 않는다고 단언한다. 이러한 확고한 신념으로 니시 가즈토모는 시의 존재를 추구하며 가치를 일구어내는 일에 일생을 바쳤다.

니시 가즈토모는 스스로 아웃사이더를 자처하여 일본의 시단을 비롯하여 어떠한 단체에도 들어가지 않았으며, 1975년 창간한 시문학지 『후네』를 통해 중앙시단과 분명하게 구분을 짓고 편견과 권위에 맞선 시인이다. 자유시를 쓰는 시인은 형식이나 아름다움이 아니라 속박을 부정하며, 살아가는 자유로움 속에서 의미를 찾아야 한다고 믿었으며, 시를 문예의 한 장르로 여겨 시 쓰는 기술만을 갈고 닦는 시 창작을 경계했다. 또한 평생 시와 관련된 어떠한 문학상에도 아무런 관심이 없었다.

니시 가즈토모는 "내가 원하는 건 하나의 선線이다."라며 온 생을 시라는 하나의 선을 관철하는 데 바쳤다. 시를 위한 처절하리만큼 치열한 삶이었다.

이 시인의 시를 읽고 있으면 시인으로서의 굳은 사명감과 순수한 감성이 느껴지고, 한 편의 시를 뛰어넘어 운명과 맞닿아 있는 커다란 세계를 마주하게 된다. 시를 위해 고스란히 내던진 사람에게서만 느낄 수 있는 강렬한 힘이다. 그 힘에 이끌려 독자 여러분도 니시 가즈토모 시인의 선명하고도 뜨거운 시 세계를 경험해보기 바란다.